DU MÊME AUTEUR

Aux Éditions Gallimard

LES EMMURÉS, *roman*, 1981. Prix Fénéon.

LOIN D'ASWERDA, *roman*, 1982. Prix littéraire de la Vocation.

LA MAISON DES ABSENCES, *roman*, 1984.

DONNAFUGATA, *roman*, 1987. Prix Valery-Larbaud.

CONCILIABULE AVEC LA REINE, *roman*, 1989.

EN DOUCEUR, *roman*, 1991. Prix François-Mauriac (« Folio », *nº 2529*).

LE ROUGE ET LE BLANC, *nouvelles*, 1994. Grand Prix de la Nouvelle de l'Académie française (« Folio », *nº 2847*).

DEMAIN LA VEILLE, *roman*, 1995 (« Folio », *nº 2973*).

PORT-PARADIS, *roman*, en collaboration avec Philippe Chauvet, 1997. Prix des Mouettes - Prix Marguerite d'Angoulême.

PREMIÈRE LIGNE, *roman*, 1999. Prix Goncourt des Lycéens (« Folio », *nº3487*).

LE VOYAGE AU LUXEMBOURG, *théâtre*, 1999.

LE POUVOIR DES FLEURS, 2002.

Aux Éditions Christian Pirot

RABELAIS, *essai*, 1992.

GENS D'À CÔTÉ. Sur des photos de Jean Bourgeois, 1992. Prix du Meilleur Livre de la Région Centre.

DON JUAN. Adaptation du scénario de Jacques Weber, 1998 (« Folio », *nº 3101*).

Aux Éditions du Cygne

RICHARD TEXIER, MON COUSIN DE LASCAUX. Sur des peintures de Richard Texier, 1993.

Aux Éditions Champ-Vallon

ÉCRIVERONS ET LISERONS. Dialogue en vingt lettres avec Jean Lahougue, 1998.

Suite de la bibliographie en fin de volume.

LE ROUGE ET LE BLANC

JEAN-MARIE LACLAVETINE

LE ROUGE ET LE BLANC

nouvelles

GALLIMARD

Aux vignerons,

et à

Carol Planchenault,
Daniel Pennac,
Bertrand Visage,

pour la constance de leur aide.

Mouches noyées

1

Le plus difficile est de ne pas leur arracher la gorge. Pour peu qu'ils aient eu le temps d'avaler profondément l'hameçon, on se trouve contraint à des actes de chirurgie fine.

Rémi regretta de n'avoir pas ferré plus vite. Il prit son dégorgeoir, une mince tige d'inox dont il fit glisser l'extrémité fourchue le long du fil de nylon jusqu'à l'hameçon, solidement planté dans un anneau de la trachée. Par bonheur, les perches, pourvues d'une gueule vaste et souple, se prêtent de bonne grâce à ce type d'opération.

– Ne bouge pas, tu es presque sauvée, murmura-t-il sans chercher à convaincre.

En quelques secondes, il parvint à dégager l'ardillon sans provoquer d'hémorragie. La perche, encore étourdie, alla rejoindre dans la bourriche les deux commères qui l'y avaient précédée.

Rémi était arrivé avant le lever du soleil. Il aimait cette heure silencieuse où la rivière se repose dans ses odeurs puissantes : poivre et anis, sauge, terre mouillée. On n'entend que le chuintement de l'eau le long des berges, repris en contrepoint par celui du vent traversant les feuillages. Puis un rossignol fait un essai de voix, des froissements d'ailes commencent à courir sur la surface de l'eau que l'on distingue encore à peine, un ragondin passe et plonge sous une racine. L'aube naissante mouille les rives de lueurs pâles. Pendant quelques instants, dans la fourmillante pénombre (et pour peu qu'un paysan des environs ne mette pas son tracteur en marche) on peut se croire enfin seul au monde.

Rémi avait posé son matériel sur la petite avancée de terre d'où il était venu, la veille, lancer un pain de chènevis et du blé cuit mêlé de farine et de terre. Puis, remontant la rivière jusqu'à la cascade, il était allé caler une bouteille de gaillac entre des pierres, dans le vif d'un remous.

Le flotteur – Rémi restait fidèle aux plumes de paon et soies de porc-épic héritées de son grand-père – s'inclina mollement vers l'arrière, se coucha un instant au fil de l'eau, puis reprit sa verticale.

En alerte, Rémi affermit sa prise sur la poignée de liège de la canne. Le signal attendu ne tarda pas : deux touches presque imperceptibles, suivies d'un piqué plus franc au terme duquel il ferra d'un coup sec et léger. La finesse de l'attaque ne laissait pas espérer un client bien considérable. Une perchette soleil palpita bientôt dans sa paume, toutes nageoires hérissées sur la moire étincelante de sa robe tachetée de bleu et de jaune. Rémi éprouvait une tendresse particulière pour ces pirates d'eau douce, féroces destructeurs d'alevins mais incomparables dandys auxquels, enfant, il avait consacré un aquarium entier. Il hésita à remettre à l'eau le *calicobas* immangeable, mais décida de conserver sa prise pour une éventuelle pêche au vif, en soirée.

Quelques instants plus tard, une giclée d'ablettes en éventail lui signala l'arrivée dans le secteur d'un malfaiteur de plus grosse envergure. Rémi décida de changer de tactique. Abandonnant la ligne flottante, il saisit sa petite canne à lancer en fibre de carbone : courte et souple, elle lui permettrait d'atteindre les endroits les moins praticables. Il se déplaça le long de la berge, en silence, projetant à la limite des herbes, dans le creux des souches, une minuscule cuillère triface, légèrement plombée, montée sur un nylon de dix-huit centièmes. Il la récupérait lentement, en dandinant par saccades afin d'imiter la fuite éperdue de l'ablette ou du vairon.

Dans la fraîcheur du petit matin, le sous-bois avait des résonances de citerne. Paris se trouvait à quelques années-lumière, direction nord-nord-ouest. Paris : le bureau où les ordinateurs ronronnaient jour et nuit, l'appartement de célibataire où Rémi retrouvait le soir d'autres écrans – celui de la télévision, celui d'un ordinateur personnel sur lequel il inventait des programmes après en avoir fabriqué dans la journée pour le compte de Sonar Plus, celui du miroir de la salle de bains où grimaçait un visage aux cernes bleu-noir.

Nord-nord-ouest, approximativement.

La lame orange et bleu d'un martin-pêcheur cisailla l'air en longeant la berge, accompagnée de son *titiht* perçant. Rémi vit l'oiseau s'arrêter un peu plus loin dans un vol surplace, plonger, et reprendre son trajet rectiligne.

Les lancers restèrent infructueux. La perche ou le brochet qui avaient semé l'émoi dans cette portion de rivière étaient sans doute partis vers d'autres territoires de chasse. Plutôt un brochet, supputa Rémi. C'est un animal paresseux, facilement repu, délaissant le gibier qu'il n'a pu attraper au premier essai. La perche, au contraire, est opiniâtre et sanguinaire; plus d'une fois Rémi avait vu une grosse mère poursuivre une proie jusque sur la grève, où elle venait s'échouer au terme de sa course furibonde.

Il revint vers son poste de pêche initial. Dans une petite anse calme, il put ramasser quelques vers porte-bois qui lui seraient utiles plus tard dans la journée, si les poissons, tellement versatiles, se lassaient de ses vers de vase.

La matinée fut tranquille. Il attrapa de la blanchaille – quelques gardons et rotengles, un chevesne qu'il rejeta. Vers onze heures, il jugea opportun de s'offrir un en-cas léger, par exemple quelques tranches d'andouille accompagnées d'un gobelet de gaillac. Deux, éventuellement.

Il alla chercher la bouteille dans le courant frais. C'est en revenant qu'il constata la disparition de son laguiole. Le couteau ne se trouvait ni dans ses poches, ni dans la boîte à pêche. Il remonta le sentier jusqu'à la voiture, en inspectant le sol du regard, sans résultat.

Rien non plus dans la voiture. Peut-être l'avait-il oublié à la maison, après le petit déjeuner. La lame ne lui ferait pas défaut : la boîte à pêche contenait un opinel. Mais il y avait plus grave. Le laguiole était muni du seul tire-bouchon disponible à plusieurs kilomètres à la ronde.

Rémi dut se résigner à mâcher tristement son andouille en regardant dériver le flotteur. Comme pour marquer leur compassion, les poissons firent preuve, dès lors, d'une discrétion absolue. Sur la bouteille de gaillac, couchée dans un lit de pervenches, perlait une buée immatérielle.

2

Depuis qu'il travaillait chez Sonar Plus, Rémi prenait systématiquement ses vacances à la même période et au même endroit : une bergerie achetée dès la première année grâce à un emprunt, aménagée de façon rudimentaire, au creux d'un vallon perdu, dans cette région désertique et bénie où chaque sous-bois abrite un torrent, chaque vallée une rivière. Il pouvait y traquer à loisir la truite et le brochet, le black-bass et le sandre, l'ablette et le goujon, au long de trente journées silencieuses et le plus souvent solitaires.

Le soir, il vidait le poisson, le cuisinait, et s'installait sur le parvis pour le déguster dans la seule compagnie d'un vin frais, face au crépuscule chargé d'odeurs et de bruits. Il fumait ensuite une ou deux cigarettes, et préparait la pêche du lendemain. Il fallait monter des hameçons, les aiguiser, assembler les lignes, vérifier les plombages dans l'abreuvoir de la cour afin que les flotteurs soient tous équilibrés à ras de l'eau, éventuellement confectionner quelques mouches artificielles – pour le plaisir avant tout, car il en possédait déjà une collection suffisante pour trois vies de pêche intensive; mais il résistait rarement à la satisfaction de voir naître sous ses doigts, à partir de brins de plumes de canard ou de faisan, de soies jaunes ou rousses, une *Lemon Grey* ou une *Black Doctor*.

Certains étés, un couple de collègues venait lui rendre visite; mais s'il goûtait leur compagnie durant les deux premiers jours, c'est toujours avec soulagement qu'il les voyait charger leur voiture et disparaître au bout de l'allée, à l'heure du départ. Cette année, il avait réussi à dissuader les visiteurs. Il ne voulait pas que Sonar Plus vienne l'encombrer jusqu'ici. C'était une année très particulière. Chaque journée passée devait être pleine et riche. Jusqu'à la dernière.

Il rentra fatigué ce soir-là. Souvent la longue attente d'une touche qui ne vient pas épuise davantage qu'une pêche miraculeuse. Rémi déposa les poissons dans le bassin, mit la bouteille de gaillac au réfrigérateur, et s'accorda quelques instants de repos dans le fauteuil pliant, face à la colline couverte d'une épaisse toison de châtaigniers, avant de se mettre en quête du laguiole. Il savait qu'il ne trouverait pas d'autre tire-bouchon dans la maison : il n'utilisait que celui de son couteau, qui ne le quittait jamais, même au bureau.

Agacé, il se leva, écrasa sa cigarette, se mit à fouiller la cuisine. En vain. Rien non plus dans le cellier, où se trouvait sa réserve de vin pour le mois. Il avait apporté une quarantaine de bouteilles. Il en ouvrait une par jour. Il l'entamait sur le lieu de pêche, et la continuait le soir en mangeant son poisson, réservant parfois un fond pour la cuisine. Il passa la paume, doucement, sur la dernière bouteille de la rangée, réservée pour le jour du départ.

La maison la plus proche était située à un kilomètre, dans la direction de Romieux. Un vieillard l'occupait, il l'avait aperçu à plusieurs reprises en passant par là. Peut-être pourrait-il le dépanner.

C'est un jeune garçon qui ouvrit. Dix-huit ans, vingt au plus. Sans doute le propriétaire d'une des deux mobylettes appuyées contre le mur extérieur. Il avait un visage de tortue, dépourvu de menton. Quelques poils roux pointaient sur la peau blême. Un être chétif et teigneux, comme on n'en souhaiterait à personne pour petit-fils ou neveu.

Une sorte de musique s'échappait de la pièce, probablement composée par un artilleur sourd. Rémi formula sa requête, et obtint pour réponse un vague signe de dénégation. L'autre restait immobile dans l'entrebâillement de la porte, les yeux fixés sur lui. La musique s'arrêta, pour céder la place à une annonce publicitaire. Puis quelqu'un éteignit la radio. Une voix se fit entendre : « Qu'est-ce que c'est, José ? » Le garçon se retourna, et Rémi put apercevoir une fille sans doute un peu plus jeune, grosse, en short et tee-shirt. Sous la frange, deux petits yeux inquiets l'observaient. « C'est rien », répondit José, et la fille se remit à mâcher son chewing-gum. José sembla hésiter. Il scrutait Rémi, jetait des regards par-dessus son épaule, vers la voiture arrêtée dans l'ombre.

– Ce n'est pas grave. J'en achèterai un demain à Romieux.

Le garçon eut de nouveau ce geste silencieux de dénégation.

– Allez plutôt voir dans la cuisine. Vous en trouverez peut-être un.

La fille s'approcha, inquiète.

– Tu le fais entrer?

José lui fit signe de se taire, et indiqua à Rémi la direction de la cuisine.

La pièce était meublée de façon modeste. Sur la cheminée, posée dans une douille d'obus sculptée, une branche de pommier desséchée faisait office de décoration.

Rémi pénétra dans la cuisine. Le vieux était assis face à la petite table, la joue posée dans son assiette de soupe.

3

Quand il se retourna, José et la fille lui barraient le passage.

– Il est drôlement mort, diagnostiqua José.

– Touche-le voir, suggéra la fille.

La conception qu'avait Rémi de l'existence excluait absolument ce type de situation. Il aurait volontiers coupé-collé ces deux erreurs de frappe pour les jeter à la corbeille électronique, où elles auraient formé un tas inoffensif d'unités binaires.

Il demanda quel était le bon tiroir. Celui de droite, répondit José; celui du milieu, corrigea la fille. Rémi trouva le tire-bouchon, un tronçon de cep aux formes adoucies par des années d'usage.

Quelque chose de triste, d'inéluctable flottait dans la pièce. La vrille du tire-bouchon pointait entre les phalanges de Rémi. Il aurait préféré brandir une épée flamboyante comme le personnage de son jeu favori, *Princes of Atlantid*, ou encore un de ces hameçons énormes utilisés pour la pêche sportive au thon et à l'espadon. Mais qu'en aurait-il fait? Il n'avait pas l'habitude de se battre, contrairement sans doute au teigneux.

Lequel tenait d'ailleurs à deux mains un pique-feu de taille appréciable.

Ce désordre soudain dans l'agencement des dernières journées révolta Rémi.

Le corps du vieux émit un son étrange, une sorte de gémissement liquide, et s'affaissa un peu sur la chaise. La fille pouffa.

– On lui a dit de continuer à manger, de ne pas s'occuper de nous. Il a dû avoir peur, commenta José.

Comme Rémi fixait l'extrémité ensanglantée du pique-feu, le garçon ajouta que le chien faisait trop de bruit. La bestiole s'était mise à hurler en voyant son maître immobile : les animaux sentent ces choses-là, c'est l'instinct.

La fille pouffa de nouveau. Ses lèvres tremblaient, son gros corps tressautait imperceptiblement. Elle se tourna vers son compagnon, et lui demanda ce qu'ils allaient faire.

– Va jeter un coup d'œil dans les chambres, qu'on ne soit pas venus pour rien. Et calme-toi.

Comme elle quittait la pièce, il la rappela :

– Jessica ! On emportera aussi la radio. Et tant que tu y es, essaie de trouver un fusil, on pourrait en avoir besoin, avec tous ces types qui rôdent.

Rémi imagina sans mal les parents qui avaient pu donner ce prénom à leur fille. Ce monde était décourageant.

José valait le coup d'œil, avec sa tête de tubercule

mal cuit, ses petites lèvres froncées sur lesquelles circulait hâtivement un rogaton de langue mauve. Il s'agrippait à son pique-feu comme à un tuteur, dans un silence que troublait seulement le pas de la pesante Jessica, à l'étage. Rémi attendait qu'un embryon de pensée ait fait son nid à l'intérieur du tubercule : un début de projet, un rudiment de vision de l'avenir immédiat, une ébauche de décision.

Il était hors de question de mourir ici, parmi ces meubles en formica, à côté de ce vieux endormi pour toujours sur un oreiller de vermicelles. Rémi se faisait une autre idée de sa fin. En un éclair, il se demanda pourquoi il tenait tant à ce que ce film raté ait un dénouement acceptable, et quelle différence il voyait entre finir ici, sous les coups de tisonnier d'un jeune demeuré, et s'éteindre au bord de la rivière, comme il l'avait décidé, après avoir soigneusement replié son matériel et relâché les poissons pris dans la journée, avec dans la bouche la saveur délicate et amère du dernier jurançon. La vie n'est qu'une errance de somnambule parmi des images virtuelles : quitter le programme à un moment plutôt qu'à l'autre, quelle importance? Pourtant, Rémi ne pouvait se résoudre à cet impondérable.

José était assez hagard. Les oscillations du pique-feu suivaient les balancements de sa pensée.

Rémi entendit la fille descendre l'escalier, aller et venir dans la grande pièce. Sa voix parvint jusqu'à la cuisine, aigrelette, syncopée :

– J'ai rien trouvé, José. Pas un radis.

– Tu as cherché partout?

– Oui, dans les armoires, partout. Sous le matelas, même.

– Tu as tout laissé en ordre?

– Bien sûr, José. On dirait pas que je suis passée, avec mes doigts de fée.

Jessica gloussait toujours en parlant. Rémi la sentait pourtant au bord des larmes. L'inquiétude montait chez les deux gamins, incapables de décider ce qu'ils allaient faire de lui. Il avança d'un pas en direction de José, la main gauche levée en signe de paix, la droite tendant le tire-bouchon de la conciliation. Écoutez, dit-il. Un coup violent de tisonnier lui écrasa le pouce sur le manche de l'ustensile. Aiguillonné par la douleur et par la rage, Rémi saisit le pique-feu, et il s'apprêtait à l'arracher des mains de José lorsque Jessica apparut, un Manufrance à canon double entre les mains.

– Il était dans la huche à pain, déclara-t-elle, épanouie.

Elle échangea son arme contre celle de José.

– Gaffe, José. Chargé.

De nouveau, Rémi tenta d'emprunter les voies de la persuasion. S'il l'avait pu, il se serait exprimé en alexandrins.

– Je ne suis pas un danger pour vous, affirma-t-il de sa voix la plus pénétrante. Il vous reste une chance pour que tout cela ne devienne pas franchement contrariant. Vous effacez toute trace de votre passage, et vous me laissez repartir de mon côté. Pour l'instant, vous n'avez rien fait d'irréparable. Aucun crime n'a été commis, il ne s'est rien passé. Personne n'est venu voir le vieux. On en retrouve souvent, dans les campagnes, momifiés devant leur télévision restée allumée. Vous n'entendrez plus jamais parler de moi. Autre solution, si vous voulez transformer vos vies en une procession de désagréments : vous tirez, et vous m'enterrez dans le jardin.

Un rictus absent fripait les vastes joues de Jessica. Rémi avait achevé sa tirade. La longue cohorte de mots se mit en route en direction du cerveau de José. Certains se perdirent en chemin, d'autres arrivèrent très affaiblis ou méconnaissables. Finalement, le garçon plissa les yeux : il avait compris ce qu'il devait faire. Il ne fallait pas le prendre pour un abruti.

4

Rémi referma le coffre du break. Il avait réussi à faire entrer les deux mobylettes et le corps du chien dans la voiture, dépourvue de siège arrière. Ils s'entassèrent tous les trois à l'avant, Jessica coincée entre les deux hommes. Rémi sentait son odeur étrangement douce, fruitée. A chaque changement de vitesse, il devait repousser son genou rond et pesant. Les deux canons du Manufrance étaient pointés à quelques millimètres de son oreille : sans le moteur et les cahots, il aurait pu entendre le bruit de la mer.

Arrivés à la bergerie, ils s'installèrent dans la pièce principale. Rémi s'assit au bout de la grande table rectangulaire, ses hôtes de part et d'autre, sur les bancs. L'autre extrémité de la table était encombrée de matériel de pêche : scions, dévidoirs, bobines de fil, émerillons, poches d'appât, moulinets, mouches, buldos, hameçons plantés dans un morceau de liège.

En voyant le jambon entamé qui pendait à une poutre, Jessica eut faim. Il fallut en découper quelques tranches, que l'on mangea avec du pain et du beurre. Rémi s'acquittait dignement de ses devoirs d'hospitalité. Il sortit aussi la bouteille de gaillac du réfrigérateur, et la déboucha à l'aide du tire-bouchon qu'il n'avait pas oublié d'emporter.

José ne cessait de regarder le fusil qu'il tenait entre les mains. De toute évidence, il n'était pas expert en armes, et rien n'indiquait qu'il fût suffisamment maître de ses gestes pour mordre dans une tartine sans appuyer simultanément sur la détente.

– Il n'y a pas de cran de sûreté, là-dessus, remarqua Rémi, intéressé.

Le premier verre de gaillac ne contribua pas à détendre l'atmosphère. José refusa de se séparer du fusil, malgré les tentatives de Rémi pour donner des garanties de bonnes intentions. Jessica continuait d'avaler ses tranches de jambon, absorbée. Elle mangeait d'abord le maigre, se réservant le gras dont elle aspirait les bandes immaculées, tête levée, comme un phoque le hareng frais.

Elle trouva que le vin sentait la pisse de chat, ce qui incita Rémi à fournir à ses invités un cours d'œnologie élémentaire. Il les emmena sur les bords du Tarn, entre Rabastens et Marssac, leur expliqua la raison d'être du léger perlé, cette *moustille* caressante et allègre typique du terroir. Il leur parla des cépages locaux, mauzac, ondenc, muscadelle, sémillon, et du len de l'elh, ce « loin de l'œil » dont le seul nom émeut les amateurs. Toutes choses dont par ailleurs son auditoire se souciait comme de la querelle sur Heidegger.

Tout en observant les deux créatures inachevées qui lui faisaient face, Rémi retrouvait avec un plaisir depuis longtemps oublié le savoir du goût et des odeurs dont il avait pendant des années nourri son existence solitaire. Ce plaisir l'avait progressivement quitté pour laisser la place à un sentiment de vanité universelle, à une mélancolie apparemment sans antidote.

Il était venu ici avec le projet de mettre un terme à une vie semblable à un tir mal ajusté. Le séjour s'était déroulé dans un calme grandissant, habité par l'attente du dernier jour, de la dernière heure, délivré de la perspective de onze nouveaux mois d'ordinateurs et de soirées partagées avec des écrans gris. Et soudain il découvrait qu'il aurait pu être un José, une Jessica, n'avoir pour ambition que de dévaliser des vieux et d'assommer des chiens, pour tout plaisir que de sucer du gras de jambon ou d'écouter la radio à plein volume. Comparée aux leurs, l'existence de Rémi semblait un Eldorado de plaisirs, de découvertes. Cette situation réveillait miraculeusement son appétit et sa curiosité.

– Comptez-vous m'exécuter après le repas? s'enquit-il poliment. Je n'ai malheureusement pas un grand choix de desserts à vous proposer : pomme ou biscuits. Encore un peu de vin?

– Arrête de nous faire boire. J'ai le vin méchant, dit José.

– C'est vrai, confirma Jessica, et elle ajouta qu'elle voulait bien des biscuits.

Rémi alla chercher un paquet de gâteaux secs, que la fille commença de mastiquer avec des mouvements de mâchoire mécaniques et bruyants.

José se mit à réfléchir à voix haute :

– Rien ne presse, maintenant. On est bien, ici, non ? Et on apprend des choses, ajouta-t-il en faisant tourner le vin dans le verre et en le humant comme il l'avait vu faire à Rémi, tout en gardant la main serrée sur le fusil. On va d'abord enterrer le chien, ça nous fera prendre l'air.

5

La pleine lune flottait dans une gaze légère. Rémi commença de creuser dans le pré voisin, surveillé par José qui fumait une herbe à l'odeur puissante, assis sur une pierre. Jessica, dans la maison, terminait le paquet de biscuits en se balançant sur le fauteuil à bascule, et en écoutant la radio du vieux qu'elle était allée chercher dans la voiture.

Les cailloux très nombreux et les racines rendaient la tâche difficile. Hormis le bruit assourdi de la radio, on n'entendait que le raclement régulier de la pelle, accompagné de gémissements d'effort. Le cri sporadique d'une hulotte et le chant des grillons assuraient la touche bucolique qui rend inoubliables certaines soirées d'été.

Rémi avait délimité un rectangle de soixante centimètres sur un mètre, suffisant pour la taille du chien.

– Il faut creuser plus grand, dit José. On lui a fait assez de mal comme ça. Je veux qu'il soit à l'aise.

Le clair de lune rendait sa laideur romantique.

Au bout d'une demi-heure, Rémi, exténué, réclama une pause. Ses doigts et ses paumes étaient couverts d'ampoules. Mais José lui déconseilla d'arrêter si tôt : il risquait d'avoir trop mal aux mains pour pouvoir reprendre le travail. C'est l'inconvénient d'avoir la peau fragile.

D'ailleurs José avait raison. Lorsqu'il creusait, la douleur des ampoules se faisait moins lancinante. Rémi continua de bêcher, mais en ralentissant son rythme. Il s'ingéniait à façonner des arêtes et des angles bien nets, et le résultat acquis au bout d'une heure malgré l'hostilité du terrain lui procura une grande satisfaction.

Il s'assit sur le bord du trou, assez profond maintenant.

– Allons, repose-toi mieux, proposa José. Allonge-toi. Ne fais pas de manières, on est à la campagne.

Rémi s'installa tant bien que mal dans la tranchée, tâchant de trouver une position confortable sur les silex et la terre humide. Une douce fraîcheur le gagna au bout de quelques minutes. La présence de son corps tiède ne tarda pas à provoquer un congrès d'animalcules qui se mirent à courir sur sa peau : une délégation d'équarisseurs venue en repérages.

Rémi ne voyait que l'extrémité du canon luisant sous le défilé des nuages.

La voix de José lui parvint, lointaine et douce, un peu ralentie comme celle des ivrognes ; il avait fumé presque sans discontinuer depuis leur arrivée sur le site.

– Tu l'as fait bien grand, ce trou. Pauvre chien, il va se sentir perdu. Le mieux serait de vous mettre ensemble, tu ne crois pas ? Vous vous tiendriez compagnie.

Rémi ne répondit pas tout de suite. Un vent léger

soufflait au-dessus de lui, il l'entendait sans le sentir. Il était déjà hors du monde. N'était-ce pas ce qu'il avait souhaité ? Il pensa cependant à son matériel de pêche en désordre sur la table, à la bergerie qui resterait ouverte à tous vents, aux papiers non classés, à la lettre pour Sonar Plus qu'il avait rédigée mentalement, mais qu'il n'aurait pas le temps d'écrire ni d'envoyer, et son esprit se rebella.

– C'est une grosse erreur, José. Tu permets que je t'appelle José ? Je suis un très mauvais compagnon. Je suis maniaque, égocentrique, je déteste la promiscuité. Aucune femme n'a accepté de vivre avec moi. J'ai eu un chien, un temps, mais il ne supportait pas mes caprices et il a fini par partir de lui-même. Je le laissais dans le coffre de la voiture au soleil pendant que j'allais à la pêche. Je ne le caressais jamais, parce que je suis allergique au poil de chien. Tu nous prépares une éternité de disputes. On viendra te hanter pour que tu nous sépares.

– Qu'est-ce que tu parles, constata José. Je t'aurais pas cru si bavard.

L'idée effleura Rémi, légère et silencieuse comme les ailes des chauves-souris dont il pouvait observer les acrobaties dans le ciel pâle, que la situation était sur le point de prendre un tour déplorable. L'avait-il donc aimée, cette vie que hier encore il se réjouissait de quitter bientôt ? Qu'en avait-il fait de si noble, de si brillant, de si remarquable, qui pût lui inspirer l'ombre d'une nostalgie ou d'une fierté ? Pouvait-il donner une seule raison, une raison solide et profonde, de refuser la mort qui lui était ainsi offerte dans la grâce champêtre d'une nuit d'été, le dispensant du même coup d'avoir à accomplir les gestes nécessaires et d'encourir le ridicule d'un ratage ?

Oui. Allongé dans l'humus odorant et frais, regardant s'étirer dans le ciel des floches translucides, il pouvait donner au moins deux raisons. La première avait trait à José et à Jessica : il n'admettait pas de faire partie de la même histoire qu'eux. Être enterré avec un chien n'était rien à côté du supplice de savoir que la vie et la mort dépendaient de leur seule volonté, et que la dernière image du monde serait celle de ce consternant navet et de cette outre gloussante dressés au-dessus de la fosse. La deuxième raison avait trait à sa conception de l'ordre, qui atteignait une dimension métaphysique, de même nature que la foi. Dans ses périodes de plus total abattement et de détachement mélancolique, il lui arrivait de se lever en pleine nuit pour replacer un livre sur une étagère ou vérifier qu'un placard était bien fermé. Ses journées, ses semaines, ses années étaient planifiées, et aucune force n'avait jamais pu le contraindre à accepter des projets remettant en cause ceux qu'il avait lui-même élaborés. Il aurait apprécié que, sur sa tombe, on inscrivît pour épitaphe son seul titre de gloire : « Il fut minutieux. »

Il commençait à avoir froid. José s'était remis à fumer en silence, attendant l'inspiration ou le courage, ou encore un signe du hasard lui indiquant la voie à suivre.

Le hasard approcha sous l'apparence de l'abondante Jessica. Rémi la vit apparaître au-dessus de lui, obstruant en partie le rectangle de clarté qui le dominait.

– J'ai trouvé son portefeuille. Mille neuf cents balles, dis donc. Et deux cartes de crédit.

Ce qui rend l'être humain supérieur au scolopendre, se dit Rémi, c'est qu'il a la notion de l'argent. A entendre le sifflement de José, il sut que le grand départ était reporté.

6

– Moins vite, dit José.

– J'ai faim, dit Jessica.

La voiture roulait à tombeau grand ouvert sur la route en lacets. De temps à autre une paire d'yeux luisait dans l'éclat des phares.

A Romieux, l'unique distributeur de billets était en panne. Il fallut pousser jusqu'à Dommage. La grosse bourgade, pelotonnée entre ses deux rivières, semblait déserte. Rémi gara la voiture devant la caisse automatique du Crédit Agricole. Jessica descendit, munie des deux cartes, la bleue et la dorée, en répétant à voix basse les numéros de codes. José était allongé à l'arrière, tenant le fusil dissimulé sous un plaid. Les mobylettes et le chien avaient été laissés à la bergerie.

Une minute plus tard, Jessica chaloupa vers le break. Elle donnait toujours l'impression de marcher sous l'eau et à contre-courant. Elle se plaignit de ce que la machine refusait ses avances et suggéra à José de faire exploser le crâne de ce type qui s'était moqué d'eux ; les gens ne se réveilleraient pas pour si peu. Puis elle demanda à Rémi de lui confirmer les numéros de codes, ce qu'il fit. Elle marmonna que, tiens, elle avait inversé les numéros, et repartit en se dandinant vers la machine.

– Elle a de la chance d'être ma sœur, soupira José.

Rémi ne fit pas de commentaire.

Sur le frigidaire, un réveil indiquait trois heures et demie. José venait de vérifier le décompte des billets que sa sœur lissait un par un sur la table. Il n'avait toujours pas lâché le fusil. Jessica chanta les louanges de ces cartes dorées, réservées aux nababs qui peuvent avoir besoin de six mille francs d'argent de poche par semaine. La carte bleue n'avait rapporté que trois cents francs, car le crédit hebdomadaire était presque épuisé.

L'excitation des deux gamins faisait peine à voir. Comme Rémi l'avait prévu, il fallut réitérer la cérémonie du jambon. Il coupa quelques tranches, sortit le pain et le reste de gaillac – à peine de quoi remplir un verre : il le garda pour lui et proposa de leur servir le jurançon qu'il conservait pour le dernier jour.

C'était un excellent vin moelleux, originaire de Saint-Faust, près de Pau. Il leur évita le discours sur les cépages locaux, le manseng et le camaralet, le courbu, le lauzet.

Il ne leur enseigna pas davantage que le jurançon, convenablement vinifié, n'est pratiquement jamais un breuvage mortel. Ni que cette fillette avait fait l'objet d'un traitement particulier, par injection à travers le bouchon d'un produit transparent, dont attestait le trou encore visible dans la capsule d'étain – et sans doute une légère amertume à la première gorgée.

Un peu plus tard, Jessica s'endormit dans le fauteuil à bascule, les doigts serrés sur une fine bande de lard qu'elle n'avait pas eu le temps ni la force d'avaler. Son frère, plus résistant, eut un premier malaise vers quatre heures et demie. Il voulut sortir, exigea que Rémi le précède, trébucha sur le seuil, se cogna durement contre un angle de pierre. Rémi put de justesse, profitant de la chute, saisir le fusil par le canon et éviter ainsi un accident. Comme le garçon, à quatre pattes, tentait de se relever en bafouillant des paroles difficiles à comprendre, parmi lesquelles il crut saisir le mot « fumier », Rémi l'endormit d'un menu coup de crosse.

L'aube se levait, pimpante, acidulée. Le jurançon avait produit son effet : Jessica était déjà fraîche lorsqu'il la transporta dans le coffre. Son frère avait les yeux révulsés, et une vilaine grimace déformait le bas de son visage. Il émettait encore de faibles grognements.

Rémi prit le temps de déposer le chien dans la fosse, et de la combler. Plus tard, il se débarrassa des deux corps dans un trou d'eau d'accès difficile, non loin de l'endroit où il avait décidé de passer sa dernière journée de pêche. Après une nuit aussi harassante, la pêche au coup risquait de s'avérer trop statique. En pratiquant une technique plus sportive, il pourrait à la fois résister au sommeil et profiter pleinement de sa journée ; c'est pourquoi il avait opté pour la pêche à la mouche noyée. Cette méthode peut se révéler idéale pour la truite, et elle demande moins de précision et de délicatesse que la mouche sèche. Après avoir monté trois mouches – confectionnées avec des « hackles » de coq roux montés sur hameçons numéro neuf, hampes garnies de laine rouge – sur un bas de ligne en fuseau s'amincissant de vingt-huit à vingt centièmes, il s'installa dans un encaissement dont les berges étroites étaient surplombées de rochers et de pentes broussailleuses, non loin de la cascade sous laquelle il avait mis le vin au frais l'autre jour. Il commença de fouetter avec régularité, lançant la mouche en travers du courant, la laissant se noyer et courir, tout en prenant soin d'éviter que le fil ne laisse un sillage, prêt à ferrer au moindre arrêt dans la dérive, à la plus petite secousse. En fin de coulée, il récupérait le fil, recommençait à fouetter en variant à chaque fois la longueur de ligne libérée. La soie serpentait au-dessus de lui, sifflant à peine.

Ç'aurait pu être une journée de pêche idéale. Pourtant, Rémi sentait en lui une fatigue lourde et amère, sans rapport avec le manque de sommeil ou la tension de la nuit, sans rapport avec les deux jeunes corps qui, un peu en aval, se décomposeraient bientôt pour le plaisir des truites et des ragondins, une fatigue, un accablement sans remède, le sentiment d'une harmonie brisée, d'une occasion perdue, l'exténuation anticipée d'une infinité d'heures à venir dans le brasillement gris des écrans – et c'est avec réconfort qu'il reconnut la voix, c'est avec une émotion mêlée de plaisir qu'en se retournant il découvrit le visage au teint gris et marbré, aux lèvres violettes relevées sur des dents serrées, aux yeux exorbités, aux traits tordus par la douleur, au front tuméfié par le coup de crosse, c'est avec gratitude qu'il vit, dans les mains tremblantes de José, le laguiole retrouvé, à la lame couverte de rouille, c'est avec un ravissement paisible qu'il sourit en pensant que tout, enfin, allait rentrer dans l'ordre.

Vendanges tardives

Barnabé Pérignac sourit. Cela ne lui était pas arrivé depuis longtemps. Il but une gorgée de Vichy, posa le verre et sortit six francs cinquante de son porte-monnaie. Derrière le comptoir, le père Maurice attendait sinon un pourboire – qui, après le sourire, eût tenu du miracle – du moins un commentaire. Il en fut pour ses frais. Dégoûté, il compta les pièces de dix centimes que l'autre avait égrenées sur le zinc, et attendit que la porte vitrée se referme sur Pérignac pour appeler sa femme : il fallait bien parler à quelqu'un, puisque le bar était désert.

Pérignac rejoignit son véhicule, une Volvo noire, hors d'âge mais toujours impeccable, que l'on voyait par tous les temps sillonner les routes étroites séparant les parcelles de ses vignobles, entre Lussac et Lalande-de-Pomerol. Sa joie était ternie par un hoquet violent : il aurait dû s'en tenir à l'eau plate, comme d'habitude, et non fêter l'événement par ce Vichy trop fort en bulles.

C'était une radieuse journée de janvier, presque douce, baignée d'une lumière qui donnait de la tendresse aux pierres des maisons. Dans les rangs de vigne qui striaient sagement le paysage, les ceps noirs, échevelés, attendaient la taille. Pérignac se sentit envahi d'une bienveillance printanière, comme libéré soudain de l'âpre rage de vaincre, de conquérir, de prouver, qui constituait le principal moteur de sa vie. Il gara la voiture à quelque distance de la maison des Méroueix, de crainte que l'arrivée de ce grand corbillard ne soit interprétée comme un mauvais augure ou une preuve d'arrogance cynique.

Francine lui ouvrit.

Barnabé Pérignac la contempla un instant sans mot dire : elle avait la beauté franche, la désirable et solide évidence des églises romanes qui parsèment les collines avoisinantes. Aussitôt il pensa à la petite église de Francs : élégance pure, simplicité. Le rapprochement, peut-être aussi à cause de la similitude des noms, lui parut inévitable, et il décida qu'il épouserait Francine là-bas, plutôt qu'à Saint-Émilion, à Libourne, ou dans l'affreuse église néogothique de Pomerol, pourtant plus proche de son domicile. Ce serait un mariage simple, digne, peu coûteux. Peut-être cet été, au mois de juillet, époque où la vigne, confiée aux soins du Ciel, nécessite moins d'attention de la part des hommes. Le délai paraissait raisonnable, eu égard au deuil qui allait frapper d'un jour à l'autre la pauvre Francine.

Une fois le père disparu, la jeune femme serait moins farouche, et finirait par donner une réponse favorable à la requête qu'il lui présentait régulièrement depuis des mois. Aurait-elle le choix, d'ailleurs ? Pérignac était un bon parti, et elle ne pourrait diriger seule la propriété.

– Je viens d'apprendre, pour ton père... C'est terrible. Nous sommes tous à la merci...

– Je vous en prie, Barnabé.

Elle l'avait coupé d'une voix douce, sans un sourire, apparemment sans même bouger les lèvres. Mais déjà la porte se refermait sur elle, la ravissant au regard de Pérignac.

– Francine, attends ! Attends, voyons. Donne-moi des nouvelles. Que dit le médecin ?

– C'est une attaque. Une simple attaque. Papa a besoin de repos. Il s'en remettra.

Barnabé affecta un sourire rassuré. Maurice lui avait fait part d'un pronostic beaucoup plus sombre, tout à l'heure : Arthur Méroueix venait d'être hospitalisé à la suite de son troisième infarctus, et selon une nièce qui travaillait au service de cardiologie de Libourne, le vieux avait peu de chance d'assister à la prochaine vendange, ni même de voir la vigne débourrer au printemps. Maurice était toujours bien renseigné.

– Tu as sans doute besoin d'aide ? Je suis à ta disposition, Francine.

– Je n'en doute pas, Barnabé. Mais je n'ai besoin de rien. Papa rentre dans deux jours.

Toujours ce ton détaché, dans lequel Pérignac crut même déceler une ironie, voire une menace.

– Mais la vigne, Francine ? Il va bien falloir s'occuper de la vigne !

– Je m'en chargerai. J'ai l'habitude, vous savez. Et Papa me conseillera.

S'ensuivit un dialogue fait de questions embarrassées et de réponses froides, de propositions bénévoles et de refus polis, d'allusions insistantes et de réticences obstinées.

– En tout cas, tu sais où me trouver si nécessaire. N'hésite pas.

– Bien sûr. Au revoir, Barnabé.

– Tu te fais des idées sur mon compte. C'est à cause de ton père. Je sais bien qu'il me déteste. Il a toujours cru que je voulais le chasser, et par tous les moyens. Mais quand bien même je l'aurais voulu, je ne l'aurais pas pu ! Regarde-moi, franchement, Francine, ai-je l'air si malhonnête ?

Elle le regarda, franchement, et lui trouva l'air très malhonnête. Ce n'était pas Francine qu'il voulait épouser, mais le vignoble Méroueix, cette enclave d'à peine deux hectares dans son territoire, qui le cuisait comme une écharde. Il rêvait de la réunir à son minuscule Clos-Martin, parcelle mitoyenne qui donnait un vin exceptionnel, mais en trop faible quantité : il ferait de l'ensemble le fleuron des vignobles Pérignac.

Deux autres échardes, hélas, empoisonnaient la vie de Barnabé Pérignac : le diabète, qui l'obligeait à s'enfoncer une aiguille dans la veine deux fois par jour pour y injecter sa dose d'insuline, et le célibat, tout aussi douloureux et inconfortable, mais qui avait le mérite d'être curable.

*

– Qu'est-ce qu'il voulait, ce buveur d'eau ?

– Il était inquiet pour ta santé, répondit Francine en fermant les volets.

La nuit était tombée, et un vent glacial parcourait les vignobles qui ondulaient à perte de vue au-delà du vieux pin parasol. L'infirmière venait de partir.

Le médecin était passé un peu plus tôt; il n'avait presque rien dit, mais son expression plus soucieuse qu'à l'accoutumée avait inquiété Francine. Depuis qu'il était revenu de l'hôpital, son père passait les journées à somnoler ou à rêver. Ses mains noueuses comme des sarments reposaient sur le drap : jamais elles n'étaient demeurées si longtemps inactives.

Francine profitait du jour pour travailler à la vigne : avec l'aide d'une ouvrière de Néac, elle passait le tracteur dans les rangs pour retourner la terre (cette belle terre de graves, regorgeant de cailloux, tellement convoitée par Pérignac, et qui donnait au vin sa sève incomparable), changeait les piquets défectueux, surveillait les ceps, travaillait au chai. Il fallait aussi s'occuper de la comptabilité, téléphoner aux fournisseurs, recevoir les clients...

– Viens près de moi. Assieds-toi un peu.

La voix du père était rauque, venue de loin à l'intérieur du corps, comme s'il lui fallait désormais puiser chaque jour un peu plus profond la vie capable d'irriguer ses mots.

– Tu vois, j'ai été égoïste. Je n'aurais pas dû te garder avec moi. J'aurais dû te laisser partir, Francine. T'obliger à quitter la maison, à vivre ta vie...

Francine se taisait. Elle avait posé une main sur celle de son père, et laissait son regard errer à travers les feuillages du papier peint. Oui, elle était prisonnière de ces murs, de ces rangs de vigne, de ce ciel changeant, des mains sèches de son père. Le travail était harassant, et d'un rapport aléatoire à cause de la petite superficie de la propriété. Les moments de liberté étaient très rares, et jamais elle n'avait rencontré l'homme susceptible de l'emmener loin d'ici.

Mais en vérité, elle ne l'avait pas cherché. Elle en avait même découragé plus d'un : car toutes ces contraintes, tous ces renoncements ne représentaient rien en regard de l'attachement puissant, violent qu'elle éprouvait pour ce carré de terre et pour ces murs.

Un tel sentiment ne provenait pas seulement de son respect pour le travail de son père et pour les traditions familiales (la vigne avait été plantée par un ancêtre venu du plateau de Millevaches au siècle dernier), mais avant tout d'une inexplicable certitude : celle d'appartenir tout entière à cette infinitésimale parcelle du cosmos. Elle faisait partie de ce paysage au même titre que le pin parasol, les cailloux de la vigne ronds et doux comme des œufs, ou l'antique pompe à eau de la cour. Rien ni personne ne l'arracherait à cette paix. Ni les bulldozers de l'autoroute Bordeaux-Lyon en projet, ni l'accumulation des factures, des charges de succession, des fatigues, ni Barnabé Pérignac qui désirait tant acheter sa terre pour la rattacher à son domaine, et Francine pour la rattacher à sa vie.

– Je m'en veux de te laisser toute seule.

– Arrête, papa. Tu as encore de beaux infarctus devant toi.

– Tu ne pourras pas rester ici. Une femme ne peut pas tenir la propriété. Une femme seule...

– Tu sais que j'en suis capable. Je ne quitterai jamais la maison.

Le vieux soupira.

– Tu feras ce que tu voudras avec Barnabé. Le plus sage serait d'accepter le mariage. Réfléchis bien, Francine : Pérignac, c'est plus de cinq cent mille bouteilles à l'année... Il a bien mené sa barque, ce grand couillon.

Francine pensait au travail du lendemain. Avec le sécateur électrique qu'elle venait d'acheter, la taille serait moins pénible et plus rapide.

– Et note bien, plaisanta le vieil homme, sur les cinq cent mille, pas une seule pour sa consommation personnelle : il ne boit que de l'eau du robinet. Autant de gagné pour le ménage...

Ils restèrent un long moment silencieux, à écouter la campagne s'engourdir dans le froid de la nuit : des chiens se répondaient de loin en loin, et le vent faisait craquer légèrement les branches du pin ; on entendait à peine, de temps à autre, une voiture sur la nationale.

– Francine, relève-moi un peu.

Comme elle le faisait asseoir dans le lit en retapant les oreillers, il ajouta :

– Allume l'autre lampe. Je veux te voir mieux. Je sens que je vais passer.

Alarmée, elle saisit ses mains. Elles lui parurent froides, soudain, et légères comme des brindilles.

– J'appelle le docteur.

– Reste. Ça ne servirait à rien. Je me sens mieux. Sais-tu ce qui me ferait plaisir?

*

Francine posa délicatement sur la table de nuit le plateau où tintaient les verres. Chacune des cinq bouteilles était enveloppée dans un linge blanc qui en dissimulait l'étiquette. Elle versa un peu de vin dans un verre, observa le rubis qui tremblait dans la lumière de la lampe de chevet, le fit tourner, le huma, le passa à son père. Assis dans le lit, raide et pâle, le vieil homme ferma les yeux, les narines au-dessus du verre.

Il reconnut immédiatement le vin qu'il avait fait en 1986 : une de ses plus chères réussites. Bien que la vigne eût débourré en retard, cette année-là, après un hiver froid et humide, la floraison de juin s'était avérée idéale. Fin septembre, des pluies diluviennes avaient fait redouter le pire : un début de pourriture atteignait les ceps de merlot. Mais le soleil était revenu pour les vendanges. Le vieux Méroueix se rappela les grains gonflés qui se déversaient dans le conquet : rarement il lui avait été donné de rentrer une récolte aussi colorée, aussi tannique, aussi joyeuse.

Il ne goûta pas le vin. Il le savait encore trop ferme, peut-être même un peu dur : un grand vin à garder pour le mariage des enfants de Francine. Et puis le parfum lui suffisait. Sa vie aussi n'était plus qu'un arôme volatil, une idée de plaisirs anciens qui se perdait dans l'air.

Il hocha la tête en silence. Francine ôta le linge. L'étiquette était bien celle qu'il attendait, désuète, un peu austère, d'un modèle qu'il s'était toujours refusé à changer. Les deux vins suivants lui donnèrent plus de mal. Francine avait choisi un 84, maigrelet, au nez un peu ingrat, qu'il prit pour un 87 ; puis un vin dont le bouquet intense, mêlant les arômes de grillé, de café, de fruits confits explosa dans ses narines avec une telle véhémence qu'il se sentit un moment dérouté. Il aspira une demi-gorgée, reconnut le soleil de 82. La mère de Francine vivait encore : c'était la dernière vendange à laquelle elle eût participé. Un vent du sud brûlant soufflait même la nuit ; la température dans les cuves dépassait trente-deux degrés. Les corps et les esprits semblaient eux aussi fermenter dans un bouillonnement ivre. Toutes les odeurs de l'été lui revinrent : celles de la terre sèche, des feuilles de vigne amollies par la chaleur, celle, un peu sure, de la grande cuisine où des mouches vibraient sur le papier collant.

Il allait falloir quitter tout cela.

Il allait falloir quitter Francine.

Elle lui retira le verre des mains. Le vieil homme eut un sursaut, il la regarda comme pour la première fois.

– Repose-toi, maintenant. Tu t'épuises.

Il fit non de la tête. Il voulait continuer.

Le vin suivant l'intrigua. C'était sans doute un pomerol, mais il ne sortait pas de ses chais. Le vieux promena une narine suspicieuse au-dessus du verre, huma, flaira, observa... Un vin de plus de vingt ans, sans aucun doute. Des arômes mélancoliques, de sous-bois et de truffe, comme il n'en sentirait jamais plus.

Il y trempa les lèvres : une perfection – le monde dans un verre. Toutes les saveurs réunies en bouquet, chacune se détachant avec délicatesse, comme une image de paradis offerte avant le noir.

– Je ne sais pas. Je dirais 59. Lalande, ou pomerol. Je crois qu'il ne vient pas de chez nous...

Sa voix s'était encore assourdie, il avait le regard fixe.

– Tu ne devines pas ? il ne vient pourtant pas de

très loin. C'est un 61. De chez Barnabé, le Clos-Martin. Il me l'a offert pour mon anniversaire, il y a trois ans...

Le père hocha la tête, fit claquer sa langue.

« Tu m'as bien eu. Je te prie de croire qu'en 61 il ne buvait pas que de l'eau, Barnabé. Foutu diabète, hein... » Une lueur rigolarde brilla un instant au coin de ses yeux, puis il soupira longuement en rejetant la tête en arrière.

C'est un blanc que Francine servit dans le dernier verre. Des reflets d'ambre et de miel coururent sur la main du vieillard lorsqu'il le leva pour contempler le vin à la lueur de la lampe.

Il n'y avait rien à dire. Il sentit que sa vie s'en allait avec cette lumière, avec cet or ancien. Il connaissait ce vin sans même le goûter. Il savait pourquoi elle l'avait choisi.

C'était un loupiac de 1955, l'année où Francine était née. Arthur Méroueix avait épousé une fille de Loupiac, Louise Capdeville, et ils avaient acheté six bouteilles de vin de ce millésime, en se promettant de les réserver pour les grandes occasions.

Une bouteille pour la première communion de leur fille. Une autre pour la communion solennelle. Une pour le permis de conduire.

Et une quatrième pour le repas d'enterrement de Louise, en février 83.

Il tendit le verre à sa fille. Il ne pouvait pas boire. Elle prit le verre, le porta à ses lèvres, et but lentement, interminablement, à minuscules gorgées dilatoires.

Il la regardait boire. Dehors, la nuit s'était figée. Les chiens n'aboyaient plus.

*

Le cortège, réduit à quelques parents éloignés et quelques voisins, sortit de l'église de Francs. Les collines de Saint-Émilion tremblaient dans l'air brûlant. Le repas eut lieu à Libourne. Francine supporta de bonne grâce les plaisanteries salaces qui accompagnèrent le dessert. Puis on se sépara, et le couple se retrouva face à lui-même, dans la maison au pin parasol. C'était une des conditions que la mariée avait posées : elle ne quitterait pas sa maison. Barnabé habitait une splendide demeure girondine en pierre dorée, pourvue de tous les aménagements modernes dont pouvait rêver une femme bientôt quadragénaire ayant toujours vécu dans un relatif inconfort; mais Francine n'était pas prête à abandonner son âme pour quelques robinets mitigeurs.

Après la mort du vieux Méroueix, elle avait rapidement dû se rendre à l'évidence : il lui serait difficile de gérer seule l'exploitation. Barnabé lui avait envoyé des ouvriers de son domaine pour l'aider au moment des gros travaux ; dans le même temps, il se faisait de plus en plus insistant, présentant le mariage comme la seule solution raisonnable, puisqu'elle voulait à tout prix continuer à s'occuper de la propriété de son père. Il l'assisterait, se chargerait de la gestion administrative et économique, tandis qu'elle pourrait se consacrer à sa chère vigne. Barnabé Pérignac, en vérité, ne doutait pas que cette lubie fût éphémère.

Elle finit donc par accepter. Barnabé était un moindre mal. Borné, rigide, sans fantaisie, il savait toutefois se montrer prévenant, et discret : grand travailleur, il ne passait que peu de temps à la maison.

Francine voulait conserver son lopin ? D'accord. Elle voulait habiter sa maison... Soit. Pérignac en faisait une affaire de quelques mois. Jusqu'au soir des noces, il ignora que son épouse allait exiger le respect d'une troisième clause. Dans la chambre nuptiale, qui était sa chambre de jeune fille (elle jugeait hors de question de s'installer dans celle où ses parents s'étaient aimés), elle lui annonça qu'il devrait, à l'avenir, se contenter des chastes baisers, lèvres fermées, qu'elle lui avait accordés jusqu'alors, et des pudiques caresses diurnes, sur les joues ou les bras, en vigueur avant leur mariage. Bien sûr, elle lui fit part de la nouvelle avec une relative délicatesse, laissant entendre qu'il fallait simplement être patient : sans aucun doute l'amour et ses gestes viendraient à eux par un long apprivoisement. Mais il comprit aussitôt qu'il devrait renoncer à libérer enfin de façon avouable ce trop-plein d'énergie qui le maintenait sous pression presque sans interruption depuis la puberté. Il en conçut une fureur qui sur le moment l'étourdit, au lieu d'exploser. Le sentiment de trahison était tellement violent qu'il ne trouva pas la force de protester, et se laissa coucher comme un enfant dans le lit jumeau que Francine avait fait installer à côté du sien.

Dès le lendemain, la guerre commença. Une guerre impitoyable, silencieuse. Francine s'appliquait à remplir tous ses devoirs conjugaux, hormis celui que son mari jugeait le principal : elle s'occupait de lui, se montrait attentive et conciliante, allait même jusqu'à lui administrer matin et soir ses piqûres d'Umuline, ou à poser quotidiennement une carafe d'eau sur sa table de nuit; mais elle restait intraitable sur tout ce qui concernait la parcelle Méroueix que Barnabé eût tant voulu agréger aux siennes. L'écharde demeurait plus douloureuse que jamais. Pendant combien d'années encore faudrait-il vendanger et vinifier séparément ces quelques hectolitres, selon le bon plaisir de madame Méroueix? Si je meurs avant toi, prit-elle l'habitude de dire en souriant lorsque le sujet était abordé, tu feras ce que bon te semblera...

Il enleva, pour commencer, le portrait d'Arthur et de Louise de la salle à manger, et le remisa dans la chambre vide, où ne joueraient jamais les enfants que la scélérate lui avait promis – oh, certes pas formellement, mais il est des sourires qui engagent plus que des phrases. Puis il se mit à la harceler en critiquant tout ce qu'elle entreprenait pour l'entretien de *sa* vigne.

Un jour, furieux de s'être fait repousser alors qu'il tentait de l'embrasser dans le couloir et de la peloter de façon trop osée, il sortit en hurlant menaces et malédictions. Quand il rentra le soir, il était étrangement calme.

– J'ai passé le tracteur dans les vignes. Il fallait désherber un bon coup.

– Tu as raison, répondit Francine. J'en ferai autant cette semaine.

– Pas la peine. J'ai nettoyé ta parcelle aussi. Tant que j'y étais.

Francine pâlit. Sans un mot, elle se leva, enfila une veste et sortit dans la nuit, munie d'une lampe de poche. Un vent tiède, assourdissant, soufflait du sud-ouest. Elle suivit son premier rang de vigne : les piquets avaient été arrachés, les ceps endommagés. Barnabé avait volontairement fait passer le tracteur trop près des pieds. Les deux rangs suivants étaient également abîmés, mais la fureur du vandale avait dû se refroidir assez rapidement, car le reste de la parcelle paraissait intact.

Lorsqu'elle revint à la maison, Barnabé tenta de lui jouer la scène du grand remords. Elle se montra douce et clémente, comme à son habitude. Elle avait le temps de son côté. Barnabé avait cru épouser la parcelle Méroueix, sans imaginer une seconde que l'inverse pourrait se produire. Francine ne s'était nullement mariée par ambition ou par intérêt, mais par nécessité. Toutefois, si la survie de sa vigne passait par l'annexion des vignobles Pérignac...

Elle le calma, le rassura, lui fit sa piqûre d'insuline et l'envoya se coucher, vaincu. Demain il l'aiderait à réparer les dégâts.

Peut-être n'était-il pas vraiment trop tard, alors. Mais Barnabé n'avait jamais su tirer profit des avertissements prodigués par la vie. Bientôt il reprit son harcèlement maladroit, devenant toujours plus amer et vindicatif, et se laissant dévorer par l'obsession de l'inaccessible carré de vigne.

C'étaient de brèves flambées hystériques, suivies de repentirs vite épongés par l'impassibilité de Francine, par son apparente douceur, par son effroyable capacité de pardon. Alors arrivait l'heure de l'apaisement, des serments murmurés, et de la piqûre d'Umuline salvatrice qui, avant le sommeil, mettait un point final à ces crises.

Cependant, pris de folie à la suite d'on ne sait quelle obscure récrimination, il lui vint un jour à l'idée de débonder une cuve pleine, et de laisser partir le vin de Francine dans le tout-à-l'égout récemment installé. Regardant couler le flot incandescent, il sautait sur place en poussant des cris de goret. Le soir même, il pleura sur l'épaule de son épouse, qui ne lui fit aucun reproche.

Après la piqûre, il eut du mal à s'endormir, sans doute épouvanté par l'abominable gâchis dont il s'était rendu coupable. Il eut des spasmes nocturnes, crut étouffer plusieurs fois. Le lendemain matin, la piqûre d'insuline ne lui fit aucun effet. Il se sentait parcouru de frissons douloureux, couvert de sueurs froides. Il partit malgré tout au travail, mais revint dans la matinée, pris de nausée. Il implora Francine d'appeler le médecin ; hélas le téléphone, lui apprit-elle, navrée, se trouvait en dérangement. Il lui demanda alors de lui administrer une nouvelle piqûre.

Son état empirait. Allongé sur le canapé du salon, il paraissait aussi blanc que les tulipes posées sur la crédence. Francine le couvrit d'un plaid. Il voyait sa silhouette s'affairer dans la pièce, entourée de remous translucides comme en forme le sirop dans les verres.

– Francine, appelait-il, fais-moi une piqûre... Va chercher le docteur, vite...

– Mon pauvre Barnabé, répondait une voix lointaine qui lui faisait mal aux tympans, ce n'est pas la peine de déranger le médecin. Tu verras, cela va passer. Tout va passer.

Elle rangea la bouteille de sérum physiologique

dans laquelle elle avait ponctionné le contenu des dernières piqûres, mit en évidence sur la table la boîte d'ampoules d'Umuline. Barnabé l'entendit sortir. Il avait de plus en plus froid, mais sentait que son corps ne pouvait même plus trouver la force de trembler. Quand elle approcha de nouveau, madame Pérignac tenait un verre à la main. Il vit voleter devant lui un papillon d'un jaune mordoré, étincelant. Il ne reconnut pas la voix floconneuse, crut saisir quelques mots : *Loupiac... année de ma naissance... dernière bouteille... une grande année, Barnabé...* Puis il s'endormit.

Accessoires

– Laisse-moi. Je n'irai pas.

Dix ans de vie commune, mais quand Hélène regarde en arrière, c'est une seule et même et interminable journée, une succession d'instants translucides, menteurs.

Qu'il la laisse. Elle ne supporte plus son théâtre, ses baisemains sous les stucs dorés. Elle ne supporte plus qu'il la promène comme une décoration destinée à susciter l'envie. Elle ne supporte plus d'être l'objet de sa vanité, ni qu'il l'arbore devant les bourgeois clapotant dans les loges, pour leur montrer qu'il est bien comme eux, qu'il est de la famille, qu'il peut faire valoir tous les attributs de l'appartenance à leurs petits cénacles : voiture luxueuse mais sans fantaisie, femme racée, appartement sur le cours Xavier-Arnozan. Elle ne supporte plus qu'il affiche le même goût ostentatoire pour la génuflexion, pour la prosternation discrète, pour le pouvoir sans tapage, sans partage, sans pitié, la même adoration de la règle, de la norme, le même retranchement hautain. Elle ne supporte plus cette vie de faux-semblants et de renoncements.

– Hélène, nous allons être en retard.

Sois tranquille, tu leur ressembles. Mêmes rondeurs, même regard hypocrite qui compte, qui soupèse, qui viole.

Hélène pleure. A quoi bon parler? James a laissé les mains posées sur le volant, il ne regarde pas sa femme. Sur le parking, des gens descendent des voitures, enveloppés de rires et de tissus de prix. Le théâtre résonne déjà d'une rumeur de volière, et la sonnerie appelle le public à gagner la salle refaite à neuf.

Bruno marche devant. Claire, deux mètres derrière lui, laisse ostensiblement traîner son regard et ses pas le long des vitrines de la rue Sainte-Catherine. Tant de silence, et cette envie de tuer. Il sent qu'elle le tient par une invisible laisse, qu'il ne peut pas s'écarter d'elle, que tôt ou tard il devra se laisser rejoindre : elle posera sa main sur sa nuque, peut-être, ou passera le dos de l'index le long de sa joue comme pour vérifier la qualité du rasage, avec un petit sourire de victoire et de mépris.

Depuis qu'il vit avec Claire, Bruno a le sentiment de vaciller au bord d'un abîme. Claire est à la fois le précipice et le vertige, elle est celle qui pousse et celle qui retient. Parfois il sent en lui une rage démesurée, qui bouillonne furieusement sans trouver d'exutoire.

Ils ont choisi de se rendre à pied au Grand Théâtre. Certains passants se retournent sur ce couple trop élégant qui avance désuni. Une foule babillarde se répand en éclats précieux sur le parvis, dans le vestibule aux voûtes plates, le long de l'escalier à la rampe de pierre sculptée.

Il a suffi qu'il attende quelques minutes, sans rien dire, mains posées sur le volant. Hélène a séché ses larmes, elle a refait son maquillage et remis son masque impassible. James lui donne le bras, la conduit vers l'entrée du théâtre où la foule se presse. Il regarde sa femme, à la dérobée, avec un orgueil de propriétaire.

Maintenant les instruments s'accordent. C'est le plus beau moment.

Hélène se laisse porter par les nuages du plafond.

Levant les yeux à son tour, James remarque les belles esclaves noires peintes à ravir par Roganeau : ce bois d'ébène qui a fait la fortune du port, et grâce à quoi lui-même est devenu ce qu'il est.

Bruno observe le plafond peint, au-dessus du lustre. La lumière commence à faiblir. Il voit les dieux marins qui repoussent la Garonne, formant le mascaret dont il perçoit la violence avec une joie indéfinissable.

Claire ne regarde rien. Elle a fermé les yeux, et ses doigts serrent le bras de Bruno tandis que le murmure des spectateurs s'assourdit dans l'attente du premier accord.

Hélène descend de ses nuages, Bruno quitte le mascaret. Chacun retombe en lui-même. C'est au terme de cette chute que leurs regards se croisent.

A l'entracte, Claire descend fumer une cigarette. Bruno reste un moment seul. Près du bar, il repère tout de suite Hélène, dont le mari discute avec des notables bagués. Il reconnaît le regard croisé tout à l'heure, regard d'algues mouvantes, qui inquiète. Hélène a vu Bruno, elle aussi a reconnu le visage aperçu au début du spectacle, dans la demi-pénombre de la salle.

D'où leur est venue cette force, cette audace imprévisible ? Ils s'approchent ensemble du comptoir. Le barman verse dans deux verres un vin noir. Ils lèvent leurs verres sans un mot.

Claire, tirant une dernière bouffée de sa cigarette, ne peut pas penser qu'elle est sur le point de perdre Bruno, qu'elle ne le retrouvera pas à sa place. James, parlant avec des hommes aussi importants que lui, entend à peine Hélène lui glisser quelques mots à l'oreille : « Je ne me sens pas bien, ne m'attends pas », une de ces phrases sans contour, inaudibles, qui s'échappent d'elle à longueur de journées.

Hélène passe devant Bruno. Il la suit aussitôt, comme s'ils s'étaient mis d'accord de longue date.

Passée la petite porte, franchies en toute hâte les trois volées de marches, ils se jettent l'un contre l'autre, s'embrassent maladroitement pour ne pas avoir à parler. L'endroit est sombre, éclairé seulement par de maigres loupiotes, et gronde d'un vacarme de pas, de décors qu'on traîne. Hélène et Bruno ont l'impression de se trouver dans un tonneau roulant sur des pavés.

C'est un vertige sans goût et sans plaisir, une rage dont l'unique vertu est de les arracher à eux-mêmes.

Ils glissent le long du mur, enlacés l'un à l'autre, ils s'entre-dévorent.

Des pas rapides se rapprochent, sur leur droite. Précipitamment, ils ouvrent une nouvelle porte, gravissent un nouvel escalier, encore une porte, ils s'engouffrent dans la pièce sombre. A nouveau, dans le couloir, un bruit de pas, qui augmente, puis diminue pour se fondre dans la rumeur générale : les voilà à l'abri, seuls, délivrés. Leur geste les a projetés dans un univers ignoré, inconnu, enfin.

Bruno déniche un interrupteur : une faible lumière se répand sur la pièce. Ils se trouvent dans le magasin des accessoires, aux étagères surchargées d'un bric-à-brac soigneusement répertorié : bouquets de roses en papier, hache en bois peint du *Trouvère*, brosse à cheveux du *Barbier*, épée de *Don Quichotte*, tant d'humbles artifices qui ont fait rêver des générations de Bordelais depuis la création du Théâtre, sans oublier les deux sacs poussiéreux portant l'inscription « élixir d'amour », sans doute remplis de kapok ou de papier journal, qui trônent au-dessus de leurs têtes et les font rire, soudain, et poser le front chacun sur l'épaule de l'autre.

Hélène redresse la tête, regarde le visage de l'homme qui tente de la serrer contre lui, et se met à frissonner.

– Attends, dit-elle à Bruno. Laisse-moi respirer. Ne parle pas. Ne me dis rien. Ne me pose pas de questions.

Bruno se tait. Elle lui prend la main, l'entraîne le long des rayonnages, à la découverte. Ils ont des rires silencieux, qui les secouent.

Au fond du magasin, ils trouvent une chaise en

velours poussiéreux. Elle fait asseoir Bruno, et s'installe à cheval sur ses cuisses après avoir remonté sa robe noire jusqu'à la taille. Elle se serre contre lui, enlace ses épaules. Odeur affolante de sa chevelure. Ils restent un moment immobiles.

– Dis-moi ton nom, maintenant.

Les mains de Bruno se promènent lentement sur le tissu fin de la robe, elles sentent la peau qui frissonne.

Ils se parlent, mais ce qu'ils disent est sans importance. Ils n'ont pas peur. Ils sont seulement abasourdis par leur audace, un peu ivres.

Leurs caresses ne se précisent pas. Elles forment un brouillard tiède sur leurs corps. Pour la première fois depuis si longtemps, dans la touffeur et la poussière de ce réduit vibrant de chants étouffés, de clameurs, de bruits de courses, ils se sentent libres. Ils pensent confusément qu'une vie prend fin ici, qu'une autre commence peut-être, inconnue, ailleurs, ensemble ou pas, qu'importe, et chacun s'enfonce dans l'espoir de l'autre, chacun rêve dans l'odeur de l'autre, ils s'embrassent comme pour se remercier, ils se serrent si doucement et si intensément qu'ils n'entendent pas la porte s'ouvrir.

Le public envahit de nouveau le parterre, les balcons et les loges. James a attendu le plus longtemps possible, cherchant Hélène du regard, avant de rejoindre sa place.

Claire a cherché, elle aussi. Elle a descendu le grand escalier, est allée jeter un coup d'œil sur le parvis, et a fini par se résoudre à regagner le premier balcon.

On les a chassés. On leur a fait descendre des escaliers, franchir des portes étroites, et les voilà dans l'air froid de Bordeaux, pris d'un fou rire sinistre en remontant le cours du Chapeau-Rouge. D'un commun accord, ils se refusent à récupérer leurs manteaux au vestiaire. Qu'une ère nouvelle s'épanouisse. Ils ne retourneront jamais chez *eux*.

Ils ont pris une chambre au Normandie, comme on le fait dans un hôtel de passe pour un rendez-vous crapuleux. Ils sont debout face à face, ils se déshabillent mutuellement, en silence. Ils ne rient plus. Leurs mains ont perdu la légèreté qu'elles avaient tout à l'heure, dans le magasin des accessoires. Ils ferment les yeux, n'osent pas se regarder, chacun a peur de l'autre comme d'un miroir sale.

C'est tout naturellement que leurs gestes s'éteignent, que leurs bras tombent. Ils ouvrent les yeux. Ils ont soudain envie de hurler.

Le spectacle a comblé toutes les attentes. Merveilleux chanteurs, splendides voix, costumes ravissants, on se sent l'âme un peu plus élevée. Un air salé roule depuis la Gironde, on rêve de départs, de voiliers, de pirates, on savoure le délice d'être cultivé et nanti. James a un peu dormi, il se demande où est passée Hélène, mais n'affiche guère de surprise en la trouvant appuyée à la voiture, les bras croisés dans un geste transi. Claire n'a pas bien suivi la deuxième partie de l'opéra, elle est un peu troublée par l'absence de Bruno, mais elle ne ressent pas d'inquiétude. Il rentrera tout à l'heure, elle en est certaine. Tard dans la nuit. Ivre, peut-être. A coup sûr enrhumé.

Dans la cave

1

La tête de Joanna roulait sur l'épaule de Don. Je me souviens de son rire qui se répandait sur nous ce soir-là en roucoulades caressantes, et du regard rêveur, humide que Don laissait courir d'un visage à l'autre tandis que ses narines humaient la mousse brune des cheveux de sa femme. Je me souviens de tout cela, de Robert et Frank enfin réconciliés, de la lumière qui jouait doucement dans les grappes de lilas blanc apportées l'après-midi par ma mère et que Sabine n'avait finalement pas osé reléguer à la cuisine, bien qu'elle les trouvât encombrantes et nauséabondes.

Je n'ai pas non plus oublié les envolées de Sabine, très en forme, contre la discrimination antifumeurs, l'invasion de la sous-culture yankee, les milliards ignominieusement concédés par l'État républicain aux établissements d'enseignement confessionnel ou privé, le triomphe de la crétinisation télévisuelle y compris dans les cercles prétendument évolués, sans oublier les méfaits des néo-pétainistes, des cryptostaliniens, des archéo-spontex, des radicaux valoisiens, et d'une façon générale de toutes les forces inégalement occultes qui conspirent à différer ou empêcher l'avènement du monde sabinien qu'elle appelle de ses vœux – forces au premier rang desquelles il faut compter mon scepticisme ricaneur, mon absence d'entrain, ma couardise intellectuelle et ma passion délétère, toute-petite-bourgeoise, pour les bouteilles millésimées.

Jusqu'à l'âge de trente ans je n'ai bu que de la bière en boîte, du vin de négociants acheté au Franprix, et du marc de raisin en provenance directe d'un alambic tapi dans un hangar du Quercy, dont le distillat vénéneux, baptisé avec une aveugle indulgence « le rince-cochon de l'oncle Fernand », a dévasté plus d'un foie mâle et causé au moins deux divorces dans la famille (en particulier celui de mes parents, ma mère ayant décidé un jour qu'elle ne supporterait *plus* de voir mon père verser à la fin de chaque repas une rincette de kérosène avunculaire dans sa tasse de café, et susurrer dans un râle, tandis que les larmes lui montaient aux yeux : « Il est fort, mais qu'est-ce qu'il est bon. »).

Un ami connaisseur s'est heureusement chargé de mon éducation, et le rince-cochon de Fernand sert désormais à nettoyer les vitres et les cuivres. J'ai appris à distinguer les vins de soif des crus nobles, à reconnaître les bienfaits du botrytis et ceux de la fermentation malolactique.

Tout en conservant, sans doute en raison de mes racines paysannes, une tendresse fidèle pour les vins de pays, j'ai commencé à édifier ce qui m'apparaissait comme devoir être – pardon, Sabine – l'œuvre de ma vie : une « cave de vieux garçon ». La cave du vieux garçon se compose d'au moins deux mille bouteilles – à l'exclusion du fond de roulement destiné à la consommation quotidienne. Elle doit être riche en crus de longue garde, variée, suffisamment bien équilibrée pour permettre de faire face à toutes les situations. Sa constitution doit être achevée le jour où son propriétaire fête ses cinquante ans. Au-delà de cette date, les grands achats ayant été effectués, il ne lui reste plus qu'à utiliser son tire-bouchon, et à se laisser glisser sans efforts jusqu'à la fin de ses jours, le reliquat éventuel devant servir à égayer les amis lors du repas d'enterrement.

Édifier un tel monument à la gloire du vignoble international (car, dans la cave d'un citoyen du monde, les pommards, les margaux, les crozes-hermitage doivent fraterniser avec les tokays, les grands vins de Montalcino, de la Rioja, du Chili ou de Californie) représentait un idéal à la fois humble et planétaire qui me satisfaisait pleinement.

Ainsi, en vingt ans, Sabine m'avait vu descendre avec une dignité d'ivrogne les marches de l'ambition : un temps écrivain prometteur, couronné par le prix Eugène-Tarin pour un recueil de nouvelles édité à compte d'auteur, j'avais presque aussitôt fait mes adieux littéraires au siècle dans un texte de trois pages sans concessions qu'aucun journal n'avait eu le courage de publier. Le journalisme, justement, constituait en ces années troublées le seul champ de bataille – moins glorieux que la littérature, expliquais-je à Sabine, mais tellement plus proche de la réalité des hommes – susceptible d'offrir à mon talent l'occasion de donner sa pleine mesure.

J'avais donc participé au lancement d'un hebdomadaire intitulé *Je récuse,* chaleureusement accueilli par plusieurs lecteurs, mais qui hélas avait sombré au bout de huit semaines à cause d'une censure n'osant pas dire son nom, en raison également du départ du rédacteur en chef, enfui avec nos espoirs et la caisse pour mettre sur pied un trafic de ponchos mexicains à destination de feu l'Allemagne de l'Est.

Sabine conservait à l'époque assez d'indulgence pour ne pas m'accabler de sarcasmes, et lorsque je décidai d'investir nos économies (à vrai dire, ses économies) dans la mise sur pied d'une radio libre, *Radio Fin du Monde,* elle se contenta d'exiger que je souscrive une assurance-vie. Elle ne pouvait tout de même pas nier que la modulation de fréquence représentât l'unique espace d'aventures et d'expérimentation sociale concédé à l'individu, dans une société verrouillée de tous côtés par les puissances d'argent. Une série de manigances juridico-financières permit malheureusement à un membre du collectif de *Radio Fin du Monde* de mettre la main sur ce bouillonnant petit phalanstère pour en faire la succursale d'une maison de disques américaine.

J'aurais volontiers tenté de nouvelles expériences, cependant Sabine m'en dissuada : elle avait facilement renoncé à ma gloire littéraire et journalistique, mais n'entendait pas laisser à la merci des velléités d'un irresponsable le destin des deux jumeaux qui venaient de naître. C'est ainsi que j'acceptai un emploi de rédacteur à *La Gazette des limonadiers,* finalement soulagé de n'avoir plus à répondre de mes œuvres ni de mes actes devant le tribunal de la postérité.

2

Restaient, par bonheur, les amis. Car à quoi bon avoir une cave, si l'on ne peut en partager les plaisirs avec de vrais amis? Sur chaque caisse destinée à étancher la soif de mes vieux jours, je prélevais quelques échantillons à soumettre au jugement implacable de Frank, Joanna, Robert, Don, Céleste, Charles et quelques autres. Jugement qui, je l'avais maintes fois remarqué, était très lent à se former, et exigeait de nombreuses pièces à conviction. Le prix de revient de ces expertises n'entrait pas en ligne de compte. Sabine et moi n'avions jamais sacrifié aux sujétions onéreuses et énigmatiques de nos congénères : ni sports d'hiver, ni voiture monocoque, ni télévision câblée, ni magnétoscope, ni séjours culturels en Abkhazie, ni vêtements de marque, ni abonnements au club de restauration corporelle, ni produits anti-âge, ni chaises de torture inventées par quelque designer allemand, ni ordinateurs portables censés vous mettre en communication avec le reste de l'univers. « Tout pour la gueule! » résumaient en chœur les convives lorsque Sabine découpait la première tranche de foie gras, tandis que je versais dans les verres un ou deux doigts de monbazillac.

Il paraît que la vie nous punit tôt ou tard de nos renoncements, de nos lâchetés, et que son heure est toujours exacte (Sabine ne voit dans cette mienne croyance qu'une séquelle de mon éducation chez les bons pères de Bétharram).

Que s'est-il passé? Et pourquoi précisément ce soir-là?

C'était un soir comme tant d'autres, où nous nous donnions, avec nos amis, l'impression de jouer la sempiternelle scène d'une comédie italienne : celle des quadragénaires légèrement usés et désabusés, unis par une tendresse indémontrable et par le sentiment presque rassurant de n'avoir plus que la moitié du chemin à parcourir (beaucoup moins, pour certains : mais lesquels?), exhumant de temps à autre une vieille colère comme on ressort d'une malle l'aube de communion, un soir de vague à l'âme. Tout est plus rond, plus tiède, on ignore ce que nous réserve l'existence mais on sait ce qu'elle nous a définitivement refusé. On est plus prudent, plus tranquille, chacun connaît les failles des autres, qui le renvoient à ses propres faiblesses, à ses petites impostures. On se ménage mutuellement, sachant que l'amitié est une chance qui ne nous sera peut-être pas redonnée.

Joanna faisait neiger sur nos pensées le duvet de son rire. Trente-sept ans, abandonnée par trois maris successifs : il devait y avoir à cela une raison, laquelle toutefois demeurait pour nous tous un mystère, tant Joanna persistait dans sa fraîcheur, sa gaieté, son humeur égale et sereine.

Robert et Frank avaient cessé de se chamailler : ils s'étaient juré la veille, pour la dixième fois, fidélité éternelle.

La soirée s'étirait en plages paisibles, le long d'un simple dîner : vouvray moelleux, sancerre rouge, aloxe-corton 1969 (le gigot l'exigeait). J'avais mis en carafe, pour le fromage, un cahors jeune et vigoureux. Pas question de laisser massacrer un vieux grand cru par des voyous venus de Maroilles ou Munster.

Il me semble que déjà je sentais peser sur moi, sur nous, une menace. Venait-elle du lilas, de sa blancheur de discorde ? De la chaleur d'orage qui pesait sur la ville ? Ou de la fatigue de trop de repas pris ensemble, de trop de rêves élimés ?

Don, je crois, a suggéré d'honorer d'une compagnie plus délicate le magnifique stilton qui occupait le centre du plateau. N'avais-je pas, récemment, acquis une caisse d'un vieux porto dont quelques gorgées feraient britanniquement l'affaire ?

Je suis allé chercher dans l'entrée la clef de la cave. En refermant la porte, j'ai entendu Robert m'indiquer qu'ils allaient tout de même tester le cahors, en attendant mon retour.

Notre appartement est situé au troisième étage. Nous l'avons choisi, Sabine à cause de la proximité de son travail, et moi en raison de la vaste cave voûtée qui en dépend. En descendant l'escalier, j'ai entendu s'éloigner les rires de mes amis, comme dans *Le voyage d'hiver* le personnage errant dans la nuit entend les rumeurs du village.

Dans le couloir de la cave, la minuterie ne fonctionnait pas. Je suis parvenu en tâtonnant jusqu'à la porte, j'ai introduit la clef dans la serrure. En franchissant le seuil, j'ai reconnu l'odeur familière, apaisante, du salpêtre et de la pierre humide. Je n'ai pas allumé la lumière. J'ai laissé mes mains courir le long des casiers. Je connaissais l'emplacement de chaque famille de vins, et j'aurais presque su trouver à l'aveuglette les différents millésimes de chaque cru. Je sentais sous mes doigts les diverses formes de bouteilles, je me promenais de l'Anjou au Béarn, de l'Alsace au Médoc, et peu à peu se dissipait la sensation de vide glacial qui m'avait déchiré sans raison tout à l'heure. Les yeux fermés, je me laissais bercer par les restes d'une légère ivresse.

Au fond de la cave, entre les deux rangées de casiers, se trouve un endroit inoccupé. J'ai projeté souvent d'y installer mes trésors les plus chers : mes romanée-conti, mes petrus, mes cheval-blanc. Un autel, un tabernacle. C'est à cet endroit que ma main a heurté inopinément un obstacle.

De la laine, apparemment, sans doute une veste, ou un pull semblable à celui que je portais.

J'ai senti mon corps se nouer, devenir dur comme du verre. Mes doigts ont glissé le long de ce qui semblait être une manche, et ils ont trouvé ce que l'on trouve en général à l'extrémité des manches : une main.

3

Là-haut, très loin, Joanna continuait de rire. Don racontait une histoire canadienne. Ou peut-être Frank avait-il entonné une chanson de son répertoire, comme souvent en fin de repas : *La Complainte de Jack l'Éventreur, Mon amant de Saint-Jean, La Butte rouge.*

J'ai reculé d'un pas, lentement. J'ai sorti un briquet de ma poche, ma main tremblait à peine.

Des linges sombres se tordaient sur la voûte.

Il est apparu dans la lumière vacillante qui courait le long des bouteilles. Son regard, fixé sur moi, semblait translucide. Sa physionomie m'était familière.

Posée sur ses genoux, une bouteille de old tawny.

Le briquet devenait brûlant, et j'ai laissé l'obscurité ravaler son image.

Le temps s'est arrêté.

Beaucoup plus tard, je suis sorti de la cave à reculons, j'ai refermé sans bruit le verrou, je suis remonté vers la vie comme un plongeur en fin d'apnée.

J'ai oublié, je crois, le reste de la soirée. Je discerne simplement les visages étonnés de mes amis me voyant arriver les mains vides, légèrement titubant. J'ai dû bredouiller de confuses explications. Ces visages, je ne les reconnaissais pas. Ils étaient devenus impénétrables, refermés sur leurs énigmes respectives. Même le visage de Sabine se révélait méconnaissable : j'ai vu des rides le traverser en tous sens, le crevasser, la peau se rétracter sur une bouche noire, les cheveux se dessécher en touffes d'étoupe. Il a fait nuit.

Le lendemain matin, pendant que Sabine faisait sa toilette, je l'ai priée à travers la porte de la salle de bains de téléphoner à la *Gazette* pour prévenir que je ne viendrais pas. Elle a entrouvert, elle était nue. Elle m'a demandé si je désirais qu'elle appelle un médecin. Sa douceur inquiète m'a désemparé. Je l'ai prise dans mes bras, et j'ai pleuré.

Je suis finalement parti travailler ce matin-là, malgré mon envie de dormir et de ne plus me réveiller d'ici plusieurs mois. Les heures, puis les journées ont passé comme un vieux film tremblé.

Je ne voulais pas retourner en bas. Je me suis débrouillé pour reporter les dîners prévus dans les semaines suivantes. Lorsque des amis proposaient de passer une soirée avec nous, je suggérais une sortie, ou m'arrangeais pour nous faire inviter, prétextant le surmenage de Sabine, la convention annuelle des limonadiers, une panne de gazinière. Lorsque nous étions invités, j'insistais auprès de Sabine pour que nous apportions un bouquet de fleurs plutôt que la sempiternelle bouteille de vin. Aux repas, je ne buvais presque rien, malgré les protestations de mes amis.

L'autre, dans la cave, m'appelait. J'avais peur de consentir, de trouver enfin une réponse.

La verve combative de Sabine n'a pas tardé à se réveiller. Ainsi, je délaissais ce qui naguère constituait l'unique objet de mes soucis et de mes joies : je n'allais plus vérifier quotidiennement la mise à jour de mon livre de cave, je n'ouvrais même plus les revues spécialisées qui s'entassaient sur le buffet de la cuisine. Sans doute avais-je décidé de ponctuer d'une nouvelle pierre grise le cortège de mes fiascos. Ce n'était ni surprenant ni tragique : mon seul tort consistait à prendre systématiquement mes lubies pour des passions, et à faire vivre ma famille au rythme de ces engouements.

Je ne décelais plus, toutefois, dans le ton de Sabine, la terrifiante précision balistique qui, dans le passé, suscitait mon admiration, et dont j'avais si fréquemment fait les frais. Dans ses diatribes je surprenais des flottements perplexes.

Le soir, après avoir couché les jumeaux, il lui arrivait de s'asseoir dans un fauteuil du salon. Je m'installais près d'elle, à même le sol. Elle prenait ma tête sur ses genoux, et laissait doucement, longuement aller ses doigts dans mes cheveux, tandis que la pénombre envahissait la pièce.

Elle se plaignait de mes nuits agitées. Presque toujours désormais elle se réveillait seule dans le lit, au petit matin. Elle me retrouvait dans la cuisine, abruti et défait. J'avais la tête lourde, du coton dans la bouche, et mes gestes ne répondaient à ma volonté qu'après un temps d'indécision.

Je partais souvent en retard à mon travail, où je me laissais aller à des crises de colère impromptues, ou à des endormissements brutaux qui étonnaient mes collègues. On est assez conforme, dans la limonade.

Un ou deux mois plus tard, j'ai reçu douze bouteilles de résiné commandées l'été précédent par l'intermédiaire d'un ami grec. Non pas un de ces ignobles casse-tête à faire danser les chèvres, qui déversent leur puanteur de térébenthine dans les échoppes à touristes de Patmos ou de la Plaka, mais bien ce ce nectar fleurant la cire d'abeilles dont se régalaient les dieux avant d'être délogés de l'Olympe.

C'était un samedi après-midi, Sabine avait emmené les jumeaux passer la journée chez sa sœur.

J'ai regardé le camion de livraison s'éloigner. A mes pieds, sur le trottoir, les deux caisses de vin. Je suis allé les porter devant la porte de la cave. Je n'avais pas la clef. Je suis resté longtemps à guetter un bruit, un mouvement, une lueur à travers les lattes à claire-voie.

Remonter les escaliers. Prendre la clef. Redescendre. Chaque geste portait en lui une infinité de soupirs.

J'ai cru entendre une sorte de gémissement

lorsque j'ai ouvert la porte, mais il sortait de mon ventre.

Il m'attendait, immobile, patient. Son visage a pris une expression de souffrance quand j'ai allumé la lumière, et j'ai dû éteindre aussitôt. J'ai emmailloté l'ampoule dans mon mouchoir de poche avant d'actionner de nouveau l'interrupteur. Une clarté de catacombe s'est répandue sur mon domaine.

Il n'était pas resté immobile pendant tout ce temps. Il avait pillé les claies, et levé un impôt sur chaque rayon, sans logique apparente, s'attaquant aussi bien aux vins les plus anciens qu'aux jeunes millésimes destinés à vieillir longuement en cave. Les bouteilles vides jonchaient le sol.

Déjà, il couvait d'un regard tendre les deux caisses posées sur le sol du couloir.

Il me ressemblait. C'était un être inutile, enterré à l'abri des fracas du monde, ridiculement obsédé par un vain rêve d'ivresse.

Je me suis approché de lui. Je lui ai parlé doucement, comme on prononce des mots sans suite pour calmer un blessé. Il ne faut pas boire comme ça, voyons. Pas n'importe comment. Mes vieux portos, mes sauternes, regarde-moi ça. Regarde ce que tu as fait.

J'ai pensé que je ne devais pas rester ici, pas dans la journée, que je ne devais plus venir, même la nuit, même la nuit. Il était encore temps de remonter, pour passer l'après-midi à lire ou à dormir.

Tout mon travail, ce gâchis, regarde. Mais il ne regardait pas ce que je lui montrais. Ses yeux restaient rivés sur les deux caisses. Je suis allé lui chercher une bouteille de résiné.

4

Je n'ai pas entendu les jumeaux rentrer avec leur mère : je m'étais endormi sur le canapé. Une odeur de friture en provenance de la cuisine m'a réveillé. Sabine leur faisait encore du poisson pané. J'avais l'impression d'avoir passé quelques heures tassé dans un nid de poules sur une avenue fréquentée. L'intérieur de mon crâne était tapissé de résine, mes pensées y restaient collées comme un amas de mouches grésillantes. Depuis la cuisine, Sabine m'a crié quelque chose, mais elle parlait en grec ancien, et je n'ai pas pu traduire. Je suis allé dans la chambre, et j'ai dormi jusqu'au lendemain.

Qui était un dimanche. Il fallait se ressaisir, reprendre le cours d'une vie normale, faire comme si rien n'avait eu lieu, puisque rien n'avait eu lieu. J'ai décidé d'emmener ma famille déjeuner au restaurant, chez un Auvergnat du boulevard qui sert un pot-au-feu tellement léger qu'on a la sensation de se nourrir d'un parfum de pot-au-feu. Les jumeaux, ravis, ont pu boire du Coca-Cola pendant le repas, fantaisie que d'ordinaire nous prohibons – Sabine pour raisons politiques, moi par manque d'humour gastronomique et souci de diplomatie conjugale. Les deux premières gorgées de madiran ont anéanti le bonnet plombé dont j'étais coiffé depuis le réveil, et j'ai cru un instant pouvoir considérer calmement ma situation, à la faveur de ma lucidité retrouvée. Une voix inconnue m'a toutefois suggéré de différer l'examen.

Quand nous sommes sortis du restaurant, des

nuages gonflés, mauvais, se traînaient sur les toits. Le boulevard était presque désert, et les feuilles pendaient aux branches, lamentables, dans l'attente de l'averse qui se préparait. Un retour à la maison n'était pas souhaitable, et le temps menaçant excluait tout projet de promenade. Le cinéma offrait une diversion admissible. Les jumeaux se sont montrés enchantés par la tournure que prenait la journée – ils sont interdits de télévision le dimanche.

On jouait un vieux film de Robert Aldrich, *Qu est-il arrivé à Baby Jane?* J'ai cru qu'il s'agissait d'une comédie légère, genre parfaitement approprié à mon humeur, et j'ai acheté les billets. Le film raconte l'histoire de deux sœurs folles qui font de leur vie une lente besogne de destruction mutuelle.

Les jumeaux sont sortis de la salle terrifiés et en larmes, Sabine et moi avec l'envie de chercher le canal le plus proche pour y faire disparaître nos existences superflues et celles de notre progéniture. Tous les canaux du voisinage ont été depuis longtemps recouverts de béton. Nous sommes rentrés chez nous sous une pluie dont chaque goutte semblait ajustée pour faire mal.

Après avoir séché les enfants, Sabine leur a mis un disque des grands succès de Walt Disney, et elle a chanté avec eux : *Pays du merveilleux, pays des rêves jaunes ou bleus.* Je me suis rué pour ma part sur un livre de Tom Sharpe avec la précipitation d'une victime de Lucrèce Borgia sur sa fiole de contrepoison. Le dîner a consisté en une salade de maïs. Pour un peu, nous aurions mangé à même la boîte. Le soir, l'émission de jazz que je voulais écouter sur France-

Culture avait été remplacée par un débat spécial sur le trafic d'organes.

Plus tard, avant de s'endormir, Sabine m'a dit que sa collègue Jacqueline venait de se remarier avec un médecin très compétent, et que je pourrais peut-être, sans engagement, avoir une conversation avec lui. J'ai essayé de la caresser, mais elle s'est retournée sans un mot vers le mur. J'ai pensé, sans en être certain, que demain il ferait jour.

Je me suis réveillé au milieu de la nuit. J'avais soif. Je suis allé à la cuisine. L'eau avait un goût de bouchon et de terre, et je n'ai pas fini mon verre. Une paix lourde stagnait dans l'appartement. Je déambulais à travers les pièces sans lumière. Je suis allé voir les jumeaux. Dans leur sommeil ils émettaient de petits chuintements d'animaux. J'ai pensé à l'ogre du conte et à ses sept filles qu'il égorge par erreur dans le noir.

J'ai refermé la porte et je suis descendu à la cave.

5

Je suis rentré de la *Gazette* fatigué, sombre. La journée s'était déroulée dans une ambiance lugubre, et la migraine – désormais elle ne me quittait plus guère avant la nuit – avait accentué le sentiment d'écœurement qui par instants me submergeait. Pendant toute la matinée, le rédacteur en chef m'avait lancé des regards dans lesquels je lisais un désolant augure.

Quand j'ai ouvert la porte de l'appartement, Sabine est aussitôt accourue vers moi avec un visage doux et un sourire d'infirmière. Elle a dit : surprise. Elle m'a débarrassé de ma veste, de mon cartable. Elle m'a pris les mains, les a embrassées. Elle a dit : bon anniversaire. Je n'avais pas assisté à de semblables effusions depuis longtemps.

Un an, peut-être.

Le couvert était déjà mis : quatre assiettes, la plus jolie nappe, les chandeliers, les verres en cristal, offerts jadis par ma mère, qui ne quittaient presque jamais le buffet. J'ai tenté d'embrasser les jumeaux. Ils piaillaient en courant autour de moi. Ils se sont moqués de mes mains qui tremblaient.

Sabine m'a tendu la clef de la cave. Elle m'a dit : va vite chercher du vin, et m'a indiqué le menu afin que je choisisse en conséquence. J'ai aussitôt protesté que le vin rouge n'aurait pas le temps de s'aérer ni le blanc de se rafraîchir, qu'elle me poussait à un inacceptable gâchis, et que de toute façon je n'avais pas très envie de boire du vin. La cuisine sentait si bon que les petits plats préparés se suffiraient bien à eux-mêmes. Sabine a eu l'air triste, elle m'a répondu que pour elle mieux valait du vin rouge trop frais ou du vin blanc trop chambré que pas de vin du tout, que depuis des semaines nous ne rencontrions presque plus personne et qu'elle avait l'impression d'être au régime sec. Je suis descendu.

Arrivé devant la porte de la cave, j'ai posé le front contre les lattes en bois. Il était là, derrière, il m'attendait dans un désastre de bouteilles vides et une vieille odeur de vomi.

Je n'ai pas pu entrer. Je suis remonté au rez-de-chaussée, pour aller chez le caviste installé à cinq minutes de notre immeuble. C'est un jeune homme d'excellent conseil. Je suis sorti de chez lui avec un chablis 1989 et un lynch-bages 1982.

Au dessert, les jumeaux ont chanté avec leur mère tandis que je m'époumonais au-dessus du gâteau. Les deux bouteilles étaient vides. Ils ont beaucoup ri quand les bougies se sont rallumées spontanément quelques instants plus tard. J'avais une soif terrible, une soif d'enragé. J'ai pensé à l'autre, en bas, qui peut-être déboucherait cette nuit mon dernier pomerol, et j'ai eu envie de détruire quelqu'un.

Dans la nuit, je suis allé vérifier que je ne m'étais pas trompé. J'ai allumé la lumière. Mon mouchoir était toujours en place autour de l'ampoule. Dès mon entrée, il m'a tendu la bouteille de petrus qu'il tenait sur ses genoux. Les nuits précédentes, j'avais remarqué que certains casiers semblaient épargnés. Il les réservait sans doute pour la fin. Leur tour venait. Les pomerols, les côtes de Beaune et de Nuits, les sauternes quinquagénaires. Un sentiment de révolte m'a envahi. J'ai pensé aux jumeaux, à Sabine, à la vie que j'avais construite autour de cette cave comme un décor en trompe l'œil, aux livres que je n'écrirais pas, aux jumeaux, aux reportages que je ne ferais jamais, aux vins que je ne boirais plus, aux jumeaux.

J'ai tenté de lui arracher la bouteille, mais son regard était tellement implorant qu'il a bien fallu renoncer. J'avais trop mal à la tête. Je me suis consolé en me disant que boire un petrus de trente ans d'âge, au réveil et à même le goulot, constituait une expérience que peu d'amateurs peuvent se vanter d'avoir faite. Quand j'ai lampé la dernière gorgée, il m'a semblé entendre l'autre me souhaiter bon anniversaire.

J'ai passé la fin de la nuit à nettoyer la cave, à entasser les bouteilles vides dans des sacs-poubelles que je portais sur le trottoir. Il y en avait beaucoup. Je suis remonté épuisé et en sueur. Je me suis allongé sans me déshabiller aux côtés de Sabine, afin de profiter de la demi-heure qui restait avant la sonnerie du réveil.

A la *Gazette*, le patron m'a convoqué dans son bureau. Je n'ai pas aimé sa façon de me parler. Ses mots défilaient devant moi dans un fracas métallique épouvantable, comme une rame de wagons au passage à niveau. La migraine donne parfois envie de mourir. J'avais soif, aussi, j'aurais voulu boire beaucoup d'eau. Ses lèvres s'agitaient mollement, humides de compassion.

Je suis rentré à la maison aussitôt après l'entrevue. J'ai pris une douche froide, je me suis rasé. Il fallait résister à la tentation d'aller dormir. Tout ce temps perdu, ces nuits difficiles, et la cave presque vide. J'ai passé la matinée à remplir des bons de commande pris dans des revues d'œnologie, à envoyer des lettres et des chèques aux vignerons dont j'étais un client habituel. Il fallait reconstituer au plus vite ma cave, je ne supportais pas l'idée de ces casiers vides. Et il fallait que l'autre puisse boire, qu'il ne reste pas seul dans le noir avec son mal de tête.

Ma migraine se dissipait, mais j'avais toujours aussi soif, et l'eau paraissait acide. J'avais peur qu'elle ne détruise l'émail de mes dents.

Je suis allé à la poste expédier les enveloppes. Il y en avait des dizaines, à destination de toute la

France, mais aussi d'Espagne, d'Italie, d'Amérique du Sud. J'ai pensé, trop tard, que les chèques ne pourraient pas être touchés à l'étranger, et que l'arrivée de certaines caisses en serait retardée.

Midi. Le caviste m'a demandé de répéter. J'avais du mal à articuler, à cause de la sécheresse de ma bouche. Il a accepté de me livrer tout de suite les caisses de côte-rôtie, meursault, château-grillet, cornas que je lui demandais, ainsi qu'une douzaine de veuve-cliquot, pour fêter la renaissance de ma cave. Il ne possédait malheureusement pas en stock tous les millésimes désirés. Je lui ai signé un chèque, et suis allé l'attendre devant chez moi pour l'aider à décharger sa camionnette.

J'ai pu dormir un peu. A quatre heures, j'ai quitté l'appartement pour ne pas être surpris par le retour des enfants.

Le soir, Sabine était amoureuse de moi. Elle semblait prête à tout comprendre, à tout pardonner. Elle voulait que je lui parle, je ne savais pas ce que je devais lui dire. Plus tard, nous avons fait l'amour, elle était douce, mais un régiment de tambours défilait à l'intérieur de mon crâne.

Vers une heure du matin, j'ai enfin pu descendre à la cave. Il était là, j'ai retrouvé sa silhouette familière et haïe. Il ne restait plus que deux bouteilles de mon ancienne collection, deux château-margaux 1945, cadeau de Sabine que j'avais juré de conserver pour les mariages des jumeaux. Mais qui se marie encore, de nos jours?

Je suis remonté au matin, sans faire de bruit. L'ascension n'a pas été facile. Les marches étaient inégales, la rampe molle. La serrure, fuyant ma clef, se déplaçait sur la porte.

Mais la porte s'est ouverte seule. Dans l'entrée se tenaient Sabine, Joanna et Don. Ils m'attendaient avec des visages aussi enjoués que s'ils étaient venus m'annoncer la date et l'heure de mes obsèques. Il y avait de quoi rire.

6

Je ne sais pas combien de temps je suis resté là-bas. Sabine venait me voir tous les jours, pour me donner des nouvelles des jumeaux. Je n'aimais pas les comprimés qu'il fallait avaler matin et soir, cette sensation qu'ils donnaient de vivre à l'intérieur d'un cocon d'ouate. J'ai vite pris l'habitude de faire semblant de les avaler. Je les conservais pour mes expériences de vieillissement accéléré : j'avais construit de petites pyramides en carton, que je cachais dans le tiroir de ma table de nuit. La pyramide est une forme parfaite. On a découvert que la hauteur de celle de Kheops correspond à un multiple exact de la distance entre la terre et la lune. Une bouteille de vin placée dans une pyramide, affirment certains, peut vieillir de façon très rapide. Un morceau de viande s'y momifie en quelques heures au lieu de pourrir. Peut-être un flacon du rince-cochon familial y exploserait-il instantanément? Je me suis constitué une cave de comprimés millésimés. Certains avaient séjourné douze heures dans une pyramide, d'autres deux jours, une semaine, quinze jours, un mois. Les résultats n'ont pas été concluants : les effets restaient identiques. Puis mes pyramides ont été découvertes et confisquées.

Les jumeaux ont été heureux, je pense, de me voir revenir. La vie coule de nouveau avec cette tranquillité dont il faut apprendre à se méfier.

Toutes ces commandes de vin payées avec des chèques sans provision nous ont fait beaucoup de tort. Je n'ai pas encore annoncé à Sabine mon intention de fonder une maison d'édition, dès que nos finances seront rétablies. Je lui en ferai la surprise demain, puisque les amis viennent dîner. Ils sont restés fidèles à notre table, bien que le jus de pomme les rende un peu moins gais que les vins de naguère.

Mon retour à la maison a été difficile. J'aurais préféré déménager, mais Sabine prétend que je dois apprendre à affronter progressivement mon passé. Non que je n'aime plus notre appartement : j'ai seulement pitié de l'autre, en bas, tellement patient, qui ne se doute pas qu'il ne me reverra jamais.

Question d'étiquette

La main droite de Maxime maintenait fermement le col de la bouteille.

L'ongle de son index gauche a soulevé le coin de l'étiquette sur laquelle se trouvait inscrit le prix.

Les phalanges, sans doute à cause de l'éclairage au néon, paraissaient presque blanches, et les poils noirs, fournis, y formaient de petites touffes dont l'obscénité m'a saisie.

Cette main, je la connaissais mieux que mes propres mains. Combien de fois avais-je observé ses mouvements familiers : la pince du pouce et de l'index retirant une cigarette du paquet de Gitanes, ou s'emparant d'un morceau de la tomate que j'étais en train de couper ; le martèlement impatient des doigts sur la tablette du téléphone ; la crispation des phalanges sur le stylo à plume noir ; la paume enveloppant un gobelet de café, sur une aire d'autoroute, pour en recueillir la chaleur, ou soutenant au-dessus d'une nappe blanche la panse bombée d'un verre à pied, faisant tourner le vin couleur tuile, le brutalisant pour l'obliger à rendre ses arômes... Combien de fois l'avais-je sentie remonter le long de mes cuisses, se poser sur mon ventre, pétrir mes seins sans ménagement, ou serrer ma nuque au rythme du plaisir? L'autre main, la gauche, me semblait une petite sœur mimétique, maladroite, docile.

Et soudain, dans ce supermarché où il avait tenu à venir (« *Grande semaine des vins de Bordeaux : mettez Rothschild dans votre cave* »), j'ai ressenti pour la première fois un dégoût violent, irraisonné pour la main de Maxime. Je fixais ces doigts laiteux et velus qui s'étaient promenés sur mon corps, qui s'étaient introduits en moi, qui m'avaient fait mal, qui m'avaient fait jouir.

Maxime jetait de temps à autre un coup d'œil aux extrémités de l'allée. Des clients passaient, indifférents. Une fois retiré le prix de la bouteille qu'il tenait en main, il a saisi un chardonnay du haut Poitou à vingt et un francs dont il a rapidement détaché l'étiquette pour la coller sur la première bouteille.

– Un clos-d'estournel 1975 à vingt et un francs, qu'est-ce que tu en dis? a-t-il murmuré en déposant la bouteille dans le caddie.

Il semblait n'avoir jamais fait autre chose que coller de fausses étiquettes sur des bouteilles millésimées. Il m'a adressé un sourire de connivence, et s'est éloigné en poussant son chariot dans l'allée en direction des apéritifs.

Rien de lui, soudain, ne me paraissait plus traduisible : ni son sourire indiquant qu'il tenait pour assurée ma complicité dans ce ridicule larcin, ni son dos obtus sous la veste de cuir, ni sa démarche dont je remarquais pour la première fois la suffisance, la lourdeur.

Il avançait lentement, soucieux de ne pas secouer le saint-estèphe. Tout, dans son allure, dénotait la confiance dans l'impunité, la satisfaction de se sentir plus rusé que ses congénères, qui évoluaient entre les gondoles dans une lumière d'aquarium.

Je le suivais à un mètre, foudroyée par une sensation d'injustice, de gâchis.

J'ai crié. Mais il ne s'est pas retourné, ni personne. Je me suis dit que l'enfant que Maxime ne m'avait pas fait lui aurait ressemblé, qu'il nous aurait ressemblé, qu'il aurait été veule et médiocre, qu'il aurait échangé des étiquettes sur les bouteilles dans les supermarchés, que j'étais prisonnière de cette fatalité lamentable et que mieux valait, dans le fond, avoir rompu la continuité de la chaîne généalogique.

D'ailleurs, avais-je réellement désiré cet enfant de Maxime ? Ne l'avais-je pas plutôt réclamé à cor et à cri parce que je savais qu'il me le refuserait ?

Je me suis rapprochée de lui. Il s'arrêtait de temps à autre pour déposer dans le chariot quelques produits pris au hasard des rayonnages : une bouteille de bourbon, trois boîtes de sardines à l'huile, huit rouleaux de papier hygiénique.

Un couple gisait là, sur le fond grillagé du caddie. Notre amour se résumait à ces quelques nécessités partagées.

L'alcool pour les soirs, de moins en moins fréquents, où nous savions que nous allions faire l'amour – moins par désir que par souci de perpétuer vaille que vaille, dans une normalité acceptable, indolore, l'insignifiance du dispositif conjugal.

Les conserves, pour les dîners au retour du cinéma ou devant la télévision, que nous jugions décontractés et sans façons, alors qu'ils étaient simplement vulgaires et débraillés.

Le papier de toilettes, parce que la vie à deux est aussi faite de cette tyrannie du corps de l'autre, de ces privautés par lesquelles chacun renie avec une simplicité faussement innocente les acquis de trois mille ans de civilisation et de police des mœurs.

Maxime poursuivait sa quête dans le labyrinthe, entre les murailles de marchandises, au son d'une musique molle. Je me suis dit que nous avions peut-être pénétré par mégarde dans l'une des bouches de l'enfer, et que nous étions désormais condamnés à une errance éternelle, attachés l'un à l'autre, traînés par un chariot grinçant à travers un dédale sans fin, parmi les réprouvés aux regards blancs.

Maxime s'est arrêté un moment pour m'attendre.

– Allons au rayon boucherie. Que dirais-tu d'un tournedos bien épais? Ou plutôt, attends : une côte à l'os persillée, saignante... non?

Son visage plein d'une gourmandise et d'une malice enfantines m'a fait horreur.

– Figure-toi qu'un vin de ce prix mérite une belle compagnie, a-t-il de nouveau chuchoté en m'adressant un clin d'œil.

Pendant que le commis sciait l'os de sa côte de bœuf, la main de Maxime s'impatientait sur la vitrine réfrigérée. Puis elle a saisi le paquet que le boucher lui tendait, et j'ai vu le pouce vérifier à travers le papier l'épaisseur et la consistance de la viande. Pendant vingt ans cette main avait tâté mes seins et mes fesses, à tout moment, avec la même compétence de maquignon, et j'avais aimé ce geste, j'avais apprécié sa parfaite adéquation à la nature de notre relation, j'avais gloussé avec complaisance aux propos salaces qui l'accompagnaient, j'avais même plus d'une fois répondu par un geste identique en portant ma main à l'entrejambe de Maxime et en saluant d'une moue admirative la prestance des attributs que je soupesais.

Ce que j'avais naguère trouvé naturel et amusant me paraissait soudain abject. Non en soi, car entre deux personnes qui s'aiment l'obscénité peut bien être l'un des modes de la tendresse, mais pour ce que cela révélait de mes propres lâchetés.

Je n'avais pas aimé cet homme. Peut-on aimer quelqu'un dont les phalanges sont poilues comme un dos de souris? Je ne l'avais pas aimé, et pourtant j'avais accepté de partager avec lui chacune des journées et chacune des nuits des vingt années les plus fraîches de ma vie. Quarante-cinq ans. Avoir renoncé à vivre par complaisance, pusillanimité, par mollesse. Si au moins j'avais été aveugle, comme lui. Mais je savais.

Des haricots verts congelés. Une salade. Une boîte d'ampoules pour la voiture. Du pain de campagne sous cellophane. Des yaourts sans matière grasse, sans colorants, sans bactéries, sans danger, sans rien. Un nouveau tire-bouchon, à ajouter à la collection. Une paire de sandales en plastique. Un ananas. Les *Variations* Goldberg en promotion. Un fromage d'Époisses. Toute une vie.

Les objets s'accumulaient dans le chariot comme des pièces à conviction. Je regardais la main de Maxime aller et venir, fureter sur les rayonnages.

Nous sommes arrivés à la caisse. Il a déposé tous ses achats sur le tapis roulant. La bouteille de bordeaux en dernier, avec des précautions risibles.

La caissière poussait les objets au fur et à mesure dans le bac en aluminium, à l'extrémité du tapis. La machine enregistrait les sommes avec des gazouillis nerveux.

J'ai observé Maxime. Son visage ne révélait aucune inquiétude. Il semblait absorbé dans la contemplation des yeux d'Isabelle Adjani, qui le regardait depuis le présentoir. Il n'a pas bougé quand la caissière s'est emparé du clos-d'estournel 1975, n'a pas cherché à voir si elle était ou non étonnée d'un prix aussi modique – les caissières, dans sa vision simple et enviable du monde, ne font pas la différence entre un grand cru classé et un vin de pays. Mais quand j'ai expliqué à la jeune femme que le prix de cette bouteille avait été changé par ce client, que je l'avais vu opérer, et qu'elle ferait bien de prévenir le responsable du magasin, il s'est tourné vers moi avec un sourire de soulagement.

La Coupe d'Oubli

Une vigne peinte courait sur toute la devanture, et jusque sur le mur où elle s'enroulait autour d'une gouttière en trompe l'œil qui descendait du toit. Antoine avait confié le soin de la décoration à un étudiant des Beaux-Arts, lequel s'était appliqué à inscrire en caractères plantin, sur le bandeau de bois laqué, l'enseigne du bar à vins :

LA COUPE D'OUBLI

– du nom d'un tableau jadis admiré au musée de Bordeaux. Il lui avait commandé, pour le grand mur de la salle, une fresque représentant les vendanges telles qu'elles se pratiquaient autrefois dans la région de Naples, à l'époque où on laissait la vigne grimper dans les arbres, et où il fallait de grandes échelles pour récolter les grappes qui enguirlandaient les ramures.

Benoît, son fils unique, avec qui il avait décidé de s'associer pour monter cette affaire, se désintéressait totalement de la décoration.

En levant pour la première fois le rideau de fer,

Antoine eut le sentiment que la rue des Chaudillons cessait un instant de s'agiter, et que tous les commerçants goguenards se tournaient vers la devanture fraîchement laquée de pourpre, aux vitres étincelantes, de l'établissement.

Ils étaient tous là, sur le seuil de leurs boutiques. Antoine entendait courir sur le pavé les sarcasmes et les médisances. Même le frais soleil d'avril s'arrangeait pour donner une tonalité criarde aux couleurs de la devanture, affichant aux yeux du vieux monde la vanité presque puérile de son entreprise.

Mais peut-être n'était-ce là qu'un effet de la tournure d'esprit héritée de son enfance : d'une génération à l'autre, chaque rejeton était élevé dans le sentiment, légitimé par l'expérience, que le monde est un nid de serpents auquel on ne peut échapper que par la fuite ou les coups de talon.

Benoît, qui n'avait pas été élevé par son père, aimait qu'on lui raconte l'histoire édifiante de sa lignée.

Le grand-père d'Antoine, inventeur du premier tire-bouchon pneumatique à l'usage des grands restaurants, avait fait faillite trois fois avant de se donner la mort, par la faute de concurrents sans vergogne, de faux amis et de créanciers impitoyables.

Le père, qui avait repris le flambeau et perfectionné l'invention, fut pendant la guerre ignominieusement dénoncé aux Allemands comme gaulliste, par un associé, alors qu'il avait toujours fait preuve d'une grande loyauté envers les autorités, et mis un point d'honneur à approvisionner en matériel de qualité les restaurants où venait se détendre l'élite intérimaire de la nation. La vérité fut rétablie, mais bientôt le vent tourna, et il fut de nouveau inquiété à la Libération. Sauvé par miracle, il parvint à refaire surface, et à étendre ses activités à toutes les branches du travail viticole, en récupérant et en reconvertissant du matériel de guerre : il fut le premier et sans doute le seul à promouvoir l'utilisation de vieux Messerschmitt, Heinkel 111 et Stuka 87 pour l'épandage de bouillie bordelaise sur les vignobles sud-africains, et mit sur pied une usine qui transformait les tanks et les half-tracks hors d'usage en casiers à bouteilles.

Du temps de son père, l'ambiance de la maison familiale avait toujours été celle d'une citadelle assiégée par d'invisibles ennemis. Chaque fois qu'il franchissait le pont-levis pour sortir, tous avaient le sentiment qu'il partait affronter des dangers dont seule son agressive ambition lui permettrait de venir à bout.

Mais la citadelle n'était pas pour autant préservée du tumulte, de la discorde et des intrigues. En son absence, les deux frères, la sœur et la mère se livraient une impitoyable et permanente bataille ; le jeune âge d'Antoine lui évitait d'avoir à en comprendre les enjeux. Il était d'ailleurs trop préoccupé par la défense de ses intérêts vitaux. Né d'un accident, dix ans après son frère Jérémie, il avait dû apprendre très tôt à composer et à se protéger d'un environnement peu amical.

La famille ne profita malheureusement pas longtemps de la fortune ainsi reconstruite après la guerre : soi-disant parti pour quelques jours à Coquimbo, au Chili, où il espérait écouler un stock de bouchons d'origine douteuse auprès des fabricants de muscat local, le père disparut par un triste mois de février 1960, laissant à son épouse un compte en banque vide, quatre enfants – dont un encore jeune, Antoine – et deux grands yeux bleus pour pleurer.

Loin de se laisser abattre, la courageuse femme, assez habile en dessin, fonda une petite entreprise de conception et de commercialisation d'étiquettes pour les exploitations vinicoles. Elle en fut, hélas, bientôt dépossédée par ses trois fils aînés et par sa fille, pour une fois unis, qui détenaient la majorité des actions. La mère d'Antoine dut se résoudre à une retraite anticipée – laquelle, heureusement, fut brève. Antoine, alors adolescent, fut le seul des enfants à lui rendre visite régulièrement durant les quelques mois qu'elle passa dans un établissement pour vieillards démunis, nommé « Le Crépuscule » et perdu au milieu d'une plaine lugubre, parmi les silos à grain et les pylônes de lignes à haute tension.

Les principes d'éducation inculqués par ses parents, puis par sa mère seule, pouvaient se résumer en un mot : *méfiance*. Il put en apprécier toutes les nuances d'abord au sein de sa propre famille. De même qu'à table les meilleurs morceaux allaient toujours au plus rapide – et à ce jeu, il faut bien le dire, la mère ne se montrait pas la moins rusée – chaque circonstance de la vie domestique pouvait être source de conflits retors, de manigances, de rivalités, de changements d'alliances. Rien d'étonnant, dès lors, à ce que si peu d'étrangers aient franchi le seuil de la maison.

Antoine avait pourtant un certain talent et beaucoup d'appétit pour les relations humaines. Il en fit, en quelque sorte, profession.

Avant d'arriver, après maints boires et déboires, à l'ouverture de ce bar de la rue des Chaudillons, il exerça plusieurs métiers : d'abord entrepreneur à son compte, aux premiers temps de son mariage, il fut tour à tour agent commercial pour un fabricant de cuves réfrigérées, représentant en vins ou en matériel œnologique dans de nombreux pays, organisateur de circuits touristiques dans les vignobles californiens.

Il avait toujours aimé le vin, par inclination et par atavisme. Son goût le portait particulièrement vers les cépages rares, les terroirs lointains et méconnus. Après la faillite de son mariage, il sillonna, de cep en cep, à peu près tous les recoins du monde où l'homme fait pousser la chère *vitis vinifera* – peut-être, sans se l'avouer, à la poursuite de son père, qui comme lui avait le vin voyageur.

Il eut beaucoup d'amis. Mais par une malédiction directement héritée de sa famille, il les perdit l'un après l'autre : l'odeur funèbre de la méfiance s'insinuait dès que l'un d'entre eux dépassait un certain degré d'intimité. Antoine se persuadait alors que l'intérêt, le calcul ou quelque insalubre passion motivaient leur attachement. L'exemple de ses proches le lui avait enseigné : seule la perspective d'un gain matériel ou moral peut donner une signification aux rapports entre les humains.

Voilà pourquoi, en ce frais matin d'avril où il commençait à attendre, en compagnie de Benoît, le premier client, il crut sentir converger sur lui et son fils tant de regards hostiles ou soupçonneux.

Les premières semaines furent difficiles. Il s'y attendait. Cependant, petit à petit, La Coupe d'Oubli attira une clientèle variée, composée aussi bien d'étudiants que d'hommes d'affaires ou de gastronomes avertis.

L'originalité du lieu tenait à l'extrême diversité des vins proposés à la dégustation, accompagnés de fromages et de cochonnailles. La plupart des terroirs de France étaient, bien sûr, représentés; mais aussi un grand nombre de crus étrangers, venus de plusieurs continents.

Antoine avait inventé un dispositif qui lui permettait de conserver presque indéfiniment dans son armoire thermostatique les bouteilles entamées. Le système, beaucoup plus efficace que les bouchons à aspiration disponibles dans le commerce, consistait en un bouchon renfermant un ballon de silicone, lequel, gonflé à l'aide de la petite pompe dont l'appareil était pourvu, emplissait l'espace disponible dans la bouteille, évitant au vin le contact avec l'air.

– Tu devrais faire breveter l'invention, lui avait souvent suggéré Benoît.

Mais Antoine n'avait pas confiance dans ces organismes qui sont censés vous protéger, et ne cherchent en fait qu'à vous gruger. Il ne voulait pas non plus renouveler les expériences de son père et de son grand-père, qui, pensant pouvoir changer le monde grâce à leurs dérisoires trouvailles, n'avaient apparemment réussi qu'à transformer leur vie en débâcle.

Il avait épousé sa femme sur un coup de tête, croyant ainsi échapper à la fatalité familiale. Il se sentait fatigué d'être toujours sur le qui-vive, et surtout de devoir donner une partie de ses revenus à ses frères et à sa sœur, sous prétexte qu'il demeurait célibataire et avait moins de frais qu'eux.

Il aurait été mieux avisé de s'inquiéter du fait que Jeanne, la fiancée, était une proche amie de sa sœur Brigitte. (*Asinus asinum fricat,* lui avait appris autrefois un professeur de latin, ce qui peut être traduit approximativement par : « méfie-toi des amies de ta sœur, elles risquent de lui ressembler ».)

Jeanne ne possédait rien. Elle avait donc tenu à se marier sous le régime de la communauté des biens : une simple signature sur le registre de la mairie la rendit propriétaire pour moitié de la petite entreprise d'Antoine – un club permettant à ses adhérents de recevoir régulièrement chez eux, à prix réduits, des bouteilles de vins fins et de spiritueux.

Elle tenait la comptabilité, ce qui lui permit de soulager son mari avec discrétion et efficacité. Lorsque, deux ans plus tard, s'étant penché sur les comptes pour tenter d'en éclaircir certaines bizarreries, il se montra curieux de savoir pour quelle raison elle avait transféré un pourcentage non négligeable du chiffre d'affaires mensuel sur un compte bloqué en Espagne à son nom de jeune fille, elle ne se troubla pas.

– Quand on est mariée à un incapable, lui expliqua-t-elle, il vaut mieux prendre des précautions.

Il jugea les termes curieux, voire déplaisants, mais les mit au crédit d'une inquiétude toute maternelle liée à la naissance, quelques mois plus tôt, du petit Benoît.

Toutefois, Antoine dut bientôt se rendre à cette

évidence : Jeanne manquait réellement de correction.

L'entreprise était installée à la périphérie de la ville où ils habitaient. Une grande cave permettait d'entreposer les caisses destinées aux clients, et une maisonnette abritait le bureau où ils travaillaient ainsi que la pièce, meublée de canapés et de fauteuils, où ils recevaient fournisseurs et représentants.

Un soir, vers six heures, alors que Jeanne était partie, comme chaque jour, chercher Benoît à la crèche, et qu'Antoine se battait seul avec son ordinateur, on frappa à la porte.

C'était Charlette, une amie de Jeanne.

Il eut d'autant plus de mal à comprendre sa présence ici, qu'il n'avait jamais fait preuve à son encontre de beaucoup d'empressement : elle avait, comme Brigitte, et à bien y réfléchir comme Jeanne, un regard déluré et perçant, qui lui faisait peur.

Charlette se mit tout de suite à bavarder, et quitta son imperméable. Elle s'installa dans un canapé, demanda à boire, s'enquit de la marche des affaires, égrena d'anodines perfidies, tout en consultant fréquemment sa montre.

A six heures huit, Charlette se leva, commença à déboutonner son chemisier. Trente secondes plus tard, elle dégrafait sa jupe.

A six heures neuf, elle était nue, face à Antoine qui demeurait interdit, le verre à la main.

A six heures dix, la porte s'ouvrit, et Jeanne pénétra dans la pièce, les yeux rougis comme il convient, tenant Benoît dans ses bras. Elle était accompagnée d'un huissier.

A la suite du divorce, qui rapporta à l'épouse bafouée la moitié du capital de l'entreprise ainsi qu'une pension alimentaire appréciable, Antoine ressentit le besoin de changer un peu d'air, et se mit à parcourir les vignes de France, puis du monde, changeant d'emploi dès que l'occasion s'en présentait.

L'épreuve l'avait fortifié. Il sentait qu'à l'avenir il profiterait mieux de l'exemple de ses parents : tout cela était arrivé à cause d'un excès de confiance dans le genre humain. La vie nous offre bien des occasions d'apprendre ; il suffit de savoir s'en saisir.

Comment en vouloir à Jeanne? Elle était une mère avant tout, et avait agi de façon prévisible, en fonction de ses besoins et des intérêts de son enfant.

Rien d'étonnant non plus à ce qu'elle ait récupéré l'entreprise (en partie grâce au compte espagnol) en lui donnant un nouveau nom et en conservant les locaux. Charlette, immédiatement engagée, se montrerait sans nul doute une assistante très efficace.

C'est à cause de Benoît qu'Antoine résolut de mettre un terme à sa vie nomade. Un jour, alors qu'il travaillait comme consultant œnologue dans le domaine de Donnafugata, près de Palerme, il avait reçu un coup de téléphone de Jeanne, lui demandant de rentrer en France pour s'occuper un peu de Benoît.

– Je n'y arrive plus. Il faut que tu le prennes en main.

– Je ne sais même pas à quoi il ressemble, fit remarquer Antoine, qui, toujours en vadrouille, et qualifié d'« instable » par l'avocat de Jeanne, avait dû très tôt renoncer à son droit de visite.

– Il ressemble à un garçon de dix-sept ans. Tu n'as qu'à essayer de te souvenir. Il te ressemble, tiens. Il me sort par les yeux.

Quelque temps après, en descendant du train, exténué par un voyage riche en désagréments, il reconnut, au bout du quai, la silhouette revêche et inquiétante de Jeanne, flanquée de celle d'un jeune croque-mort en imperméable anthracite, son fils, apparemment : deux fatigues surnuméraires, deux promesses de lendemains accablants.

On alla boire un verre dans un bar proche de l'hôtel où Jeanne avait réservé une chambre pour son ancien mari. Face à ces deux visages presque inconnus, Antoine ressentit un poisseux malaise. Benoît le fixait en silence, avec une expression résolument neutre. Son père crut tout de même, au bout d'un moment, voir percer un intérêt, une curiosité vague, dans cette masse de traits semblable à une tranche de pâte à pain non cuite – mais rien n'était certain. Cependant l'adolescent ne disait mot : il lapait du chocolat au lait, tandis que Jeanne expliquait ses projets comme si son fils était absent.

– Tu pourrais t'installer ici, et le prendre chez toi.

– M'installer ici. Jeanne. Attends, émit Antoine en fermant les yeux.

– Il pourrait revenir de temps à autre à la maison, bien sûr. Je ne le chasse pas. Je ne te chasse pas, mon chéri.

Benoît repoussa sa tasse, après avoir délogé d'un mouvement de tête la main que Jeanne avait posée sur ses cheveux. Il semblait maintenant observer avec une attention plus éveillée les réactions de son père.

– Mais, objecta Antoine.

– Dis donc, tu as maigri, il me semble, reprit Jeanne. La vie à l'étranger ne te réussit pas. Bref, il faut organiser tout ça rapidement. Je t'ai pris un hôtel bon marché. Comme je n'ai pas reçu le dernier trimestre de pension, j'ai supposé que tu étais fauché.

– Non, ce n'est pas ça, un retard, la banque, à cause, enfin, expliqua Antoine.

– Nous réglerons ça. Mon Dieu, il est tard! Benoît, file à la maison dire à Charlette que nous recevons les Baudelaire à dîner.

Le gamin disparut sans déplacer d'air.

– Il est muet?

– Mais non. Il n'a rien à dire, c'est tout.

– Tu vis avec Charlette?

– Ah, ne commence pas, avec les scènes.

– Jeanne, je ne vois pas comment je pourrais prendre le petit. Enfin Benoît. Je n'ai pas de travail, ici. Et je ne saurais pas.

– C'est ton fils, je pense. Tu m'as laissée seule avec lui pendant quinze ans, tu peux tout de même prendre la relève. J'ai fait le plus gros.

Jeanne, comme autrefois, comme toujours, avait l'air de croire ce qu'elle disait. Il y avait une lacune dans sa grammaire intime : elle ne connaissait pas le mode interrogatif, et transformait automatiquement toutes les questions en réponses. C'était une mythomane terriblement sincère.

– Mais quel est le problème, avec lui?

– Il est bizarre. Il est silencieux. Il est encombrant.

Il ne fait rien. Il n'a pas d'amis. Il me regarde de travers. J'ai l'impression qu'il m'en veut, mais je ne vois vraiment pas pourquoi.

Un sentiment qui ressemblait à de la compassion envahit Antoine à la pensée de ce que pouvait être la vie de Benoît.

Il se sentit curieusement excité, soudain, à l'idée de tirer un trait définitif sur son activité professionnelle, et d'envisager son existence sous un angle nouveau.

Ce fils délaissé depuis tant d'années revenait ainsi dans sa vie, pour s'y imposer. Le garçon, apprit-il, suivait en touriste les cours du lycée, et n'avait pour perspective d'avenir que de végéter encore quelque temps dans une jachère de l'éducation nationale, avant d'être jeté sur le marché du non-emploi.

Antoine, ému, réagit avec rapidité et noblesse. En plus de quinze ans de vie solitaire et errante, il avait certes fini par apprendre à se méfier des autres, mais pas encore de lui-même.

Au cours des semaines qui suivirent, il dut retourner à plusieurs reprises en Sicile. Lorsqu'il revenait, il rencontrait presque quotidiennement Benoît. Il l'emmenait parfois au cinéma, ou dans un bar, où il tentait de discuter avec lui et d'échafauder des projets pour une éventuelle vie commune. Sans grand succès, il faut le dire; mais loin de se laisser abattre, Antoine se sentait stimulé par le mutisme robuste de l'adolescent, et même par la lueur narquoise et froide qu'il croyait voir onduler parfois dans son regard.

Peu à peu, l'idée germa de monter un commerce grâce au pécule qu'il avait réussi à préserver, et d'y travailler avec Benoît, rachetant par ce geste l'abandon dont il s'était rendu coupable. Lorsqu'il lui exposa l'idée, son fils souleva le sourcil gauche, ce qui constituait sans aucun doute pour lui la plus extravagante démonstration d'enthousiasme.

Antoine avait pensé s'installer dans une cité touristique du Midi, mais il jugea préférable pour l'équilibre du garçon de rester dans la ville où lui-même avait connu sa triste expérience conjugale avec Jeanne, et où Benoît avait toujours vécu.

Une fièvre les prit. Ils trouvèrent très rapidement un local dans le centre-ville : une salle assez vaste, une arrière-salle, une cuisine. Au-dessus, l'appartement de trois pièces où le père et le fils purent emménager après quelques travaux.

C'est ainsi que La Coupe d'Oubli connut bientôt les faveurs d'une clientèle variée. Dans le travail, Benoît faisait preuve d'une compétence et d'un sérieux qui étonnaient son père. Antoine s'était attendu à trouver un adolescent démuni et perturbé. Il découvrit un homme presque fait, capable d'une étonnante ingéniosité dans l'organisation et d'une indéniable efficacité dans la gestion. Il restait cependant taciturne, impénétrable. Antoine supposa que Benoît avait simplement du mal à extérioriser sa tendresse. Il n'était pour son fils, après tout, qu'un inconnu.

En matière d'œnologie, Benoît se montra un élève particulièrement doué. Dès le début des travaux d'installation, profitant des premiers arrivages de vin, Antoine entreprit de faire son éducation.

Les séances de dégustation se déroulaient à la cave, à la fin des journées passées à repeindre les murs de l'appartement, à installer l'électricité dans le bar ou à faire la queue dans divers locaux administratifs.

Au bout de quelques mois, Benoît savait apprécier les qualités d'un vin, en déceler les défauts ou les faiblesses, déterminer sa provenance, et il était difficile de le tromper sur les cépages et sur les assemblages. Il mirait, humait, goûtait en vrai professionnel, définissait à mi-voix, comme pour lui-même, les premières pistes – « chenin », « chardonnay », « cabernet franc » – localisait progressivement le cru – « bordelais », « rive nord », « libournais », « côtes-de-bourg » – sans se laisser démonter par les pièges que lui tendait son père. Par manque d'expérience, il lui arrivait, bien sûr, de buter sur le millésime; mais Antoine était confiant dans les capacités de son rejeton.

Une chose, toutefois, le troublait. Benoît semblait n'éprouver aucun plaisir à boire du vin. Ou plutôt, il semblait tenir pour seul concevable le plaisir de la connaissance. Il lui suffisait de savoir : la certitude l'apaisait et le comblait. Pour le reste, contrairement à son père qui aimait boire à francs godets à la fin des séances de dégustation, Benoît n'avalait presque rien, et recrachait consciencieusement chaque gorgée après l'avoir analysée. Au terme de la soirée, il avait à peine ingurgité un quart de verre.

C'est au fil de ces moments qu'ils commencèrent à nouer une véritable relation. Le laconisme du garçon céda la place à des épanchements de moins en moins brefs. Antoine, à sa propre surprise, en conçut une joie inouïe. Il découvrait simultanément le bonheur de la paternité, et celui d'avoir été capable d'imprimer à sa vie une tournure nouvelle.

Benoît, pour sa part, n'exprimait rien de tel – peut-être par pudeur, mais plutôt, se disait Antoine, parce que, privé depuis toujours des formes les plus élémentaires de l'amour, il était encore incapable de croire, et même d'imaginer, que la vie pût aussi être douce et chaleureuse.

– Et celui-ci ? Goûte-le. Tu vas être surpris.

Benoît levait son verre vers la lumière avec suspicion, l'observait longuement, puis le portait à ses narines.

– Secoue-le, voyons ! De quoi as-tu peur, ce n'est pas de la nitroglycérine !

Mais Benoît continuait de procéder par gestes lents et circonspects, entièrement absorbé dans l'étude.

– Merlot, cent pour cent..., disait-il avant même d'avoir goûté le vin. Tu m'as déjà fait le coup du pomerol la semaine dernière, papa...

Ou bien :

– Je ne peux pas deviner. Je n'ai jamais bu ça.

– Tu en es bien sûr?

Benoît fronçait alors le nez, le plongeait encore dans le verre.

– Sûr. Ce n'est pas loin du madiran... (nouvelle plongée du nez dans le verre). Mais c'est ailleurs. Il sent le pruneau, la terre mouillée. Il est trop clair, il tient mal sur ses pattes. Tursan ?

– Presque. Tu t'en tires bien. C'est un irouléguy. Mêmes cépages que le madiran, à peu près. Mais il a moins de corps, il pousse sur les contreforts des Pyrénées, au Pays basque. Moins de soleil, on le sent.

Et la soirée s'étirait, dans la fraîcheur silencieuse

de la cave. Il suffisait que son fils l'ait appelé une ou deux fois « papa » pour qu'Antoine passât une nuit délicieuse.

La cave, voûtée, était parfaitement isolée du monde. Une table à plateau d'ardoise y avait été installée, sur laquelle s'alignaient au fil des heures les verres et les bouteilles. Plus tard, lorsque l'acuité des papilles venait à s'émousser, on abordait d'autres sujets de conversation, plus intimes et sensibles. Benoît parlait peu, mais paraissait attentif aux oscillations sentimentales de son père. Remontant le courant du temps, Antoine parlait de sa famille, de son enfance, de son mariage.

Jeanne, bien entendu, même si l'on ne prononçait pas son nom, était une pierre dure sur laquelle ils finissaient toujours par achopper.

– Si ta famille te pesait, quand tu étais jeune, tu pouvais t'en aller. Pas besoin de te marier pour ça, disait Benoît.

– Tu crois que c'était aussi simple? Dans ma famille, on se marie. Et puis j'en avais envie, tout de même. Pas de me marier, pas vraiment. Mais peut-être d'avoir un enfant, glissait Antoine, qui savait se montrer démagogue.

– Eh bien tu m'as eu. Et tu es parti.

– Prends donc un peu de ce sylvaner. Tu me laisses boire seul...

Il remplissait deux verres par acquis de conscience, sachant que Benoît ne toucherait pas au sien.

Et d'un soir à l'autre, les mêmes thèmes revenaient avec la patience des vagues.

– Je suis parti, oui. Je n'avais pas le choix. J'aurais fait un malheur, tu sais.

– Le malheur de qui ?

Ce garçon parlait avec une égalité de ton désarmante.

– Mais enfin, Benoît, je ne pouvais pas rester dans cette ville ! De toute façon, elle ne m'aurait pas laissé te voir. Dis-moi... Elle te parlait de moi, tout de même ? Je veux dire, de temps en temps ? Tout de même ?

– De temps en temps. Tu étais un de leurs sujets préférés, avec Charlette, quand elles avaient envie de rire. La scène de l'huissier, tu vois, ce genre d'anecdotes. Marrant. Il est tard, j'irais bien me coucher.

Ainsi, petit à petit se dessinait ce qu'avait dû être l'enfance de Benoît, livré à la méchanceté du monde, sans un père pour le protéger. Par quel miracle en était-il sorti indemne ? Quelle invraisemblable carapace avait-il dû confectionner pour se préserver ?

Toutefois, plus encore que cette souffrance, dont il était peut-être en partie responsable mais dont il n'avait pas été témoin, et qu'il n'avait pas même imaginée au cours de son incessante fuite à travers le monde, c'est l'idée qu'il avait été, pendant toutes ces années, la risée de Jeanne et de Charlette qui s'insinuait en lui avec le plus de violence, pour le supplicier. Il ressentait seulement maintenant, au bout de quinze ans, la démesure de l'humiliation – à travers le regard de son fils.

Son sommeil se troubla.

Parfois il se réveillait en pleine nuit. Il se levait, se

cognait aux murs du couloir, écoutait le bruit du frigo et croyait entendre les cigales de Donnafugata. Une nuit, Benoît vint le prendre par le bras, le raccompagna dans sa chambre et le borda. Au matin, Antoine ne se souvenait de rien.

Les journées ne lui laissaient pas le loisir de penser. Tout au bonheur de travailler avec son fils et de proposer aux clients des vins méconnus – nobles vins de Hongrie ou petits crus canailles de chez nous – il s'activait sans discontinuer jusqu'à la fermeture. Alors, la Coupe d'Oubli était bue, et il lui fallait se ressouvenir.

Benoît, de temps à autre, partait rendre visite à sa mère. Au retour, son visage restait aussi indéchiffrable qu'à l'accoutumée. Mais il laissait filtrer, le soir, quelques informations : Jeanne s'intéressait beaucoup au bar... Elle posait des questions sur son fonctionnement, s'émerveillait de son succès... Charlette, apparemment, n'était pas en reste...

Peu à peu, et bien que rien dans le ton ou les propos de Benoît ne pût laisser redouter un quelconque complot des deux femmes visant à ruiner le bonheur naissant d'Antoine, celui-ci en vint à concevoir une crainte irraisonnée, presque enfantine.

– Elles t'ont encore posé des questions ?

– Elles s'intéressent aux fournisseurs. C'est un peu leur rayon, tu sais.

– Mais elles t'ont demandé des renseignements précis ?

– Ne te fais pas de souci, papa. Je ne leur dis rien.

Il prononçait ces phrases d'un ton uni, comme si rien de ce qui se passait dans le monde des adultes ne le concernait réellement. Mais cette indifférence affichée, loin de rassurer Antoine, laissait le champ libre à son imagination.

Son fils ne cherchait-il pas à lui cacher la vérité, pour ne pas l'inquiéter? Les deux femmes étaient peut-être en train de préparer un coup mauvais, un vicieux stratagème semblable à celui grâce auquel elles avaient réussi à le déposséder de son travail et de son fils, quinze ans plus tôt! Toutefois, Antoine ne parvenait pas à détecter la nature exacte du danger.

Quel objectif pouvaient-elles viser? Un seul s'avérait plausible : le bar.

Bien sûr, elles n'avaient à première vue aucun moyen de se livrer à un acte de piratage sur La Coupe d'Oubli. Mais il fallait y réfléchir à plusieurs fois.

D'après ce que Benoît lui avait dit, leur affaire marchait très gentiment. Le fichier du Club s'était étoffé, et elles expédiaient maintenant du vin dans toute la France, avec la caution d'un célèbre gourmet de la télévision. Cette prospérité n'était pas de nature à calmer leurs appétits ni leurs ambitions. Le bar à vins, justement, pouvait constituer pour leur entreprise un complément idéal : à la fois vitrine publicitaire, source de profits adjacents, moyen d'obtenir des remises supplémentaires de la part des fournisseurs grâce à l'augmentation du volume des commandes...

– Elles nous prenaient pour des imbéciles, pas vrai? Elles attendaient qu'on se casse la gueule. Elles doivent crever de dépit. Je parie qu'elles t'ont encore assommé de questions sur le bar. Hein? Je me trompe? Benoît?

– Elles ne m'ont pas posé de questions sur le bar, papa. Pas cette fois.

– Ah tiens. Vraiment. Tu me surprends. Essaie de te rappeler.

– Rien, je t'assure.

Et Benoît, impassible, se remettait à taper des chiffres sur la calculatrice, reportant les résultats de ses opérations dans le registre comptable.

Il se sentait sans aucun doute obligé de cacher la vérité. Mais peut-être aussi ne laissaient-elles rien transparaître, devant lui, de leurs vénéneux projets? Elles en faisaient leur espion passif et involontaire, se contentant de lui soutirer le maximum de renseignements. Et, contrairement à son père, Benoît, habitué et indifférent aux manigances sournoises des deux sorcières, ne cherchait pas à voir clair dans leur jeu...

Elles voulaient le bar, Antoine en avait acquis peu à peu la conviction. Pourquoi, sinon, ce harcèlement de questions, chaque fois que son fils leur avait rendu visite, jusqu'à présent? Car elles le harcelaient : Benoît avait beau tenter de minimiser le caractère pressant de leur curiosité, il ne pouvait s'empêcher de lâcher, ici ou là, tel ou tel détail lourd de sens. Et si, lors de cette dernière visite, elles semblaient n'avoir pas posé de question, c'était sans doute parce que leur plan était arrêté, et qu'elles se préparaient à le mettre à exécution.

Ce qui le tourmentait, c'était de ne pas savoir comment elles comptaient s'y prendre pour le dépouiller. Car enfin, elles devaient bien se douter que cette fois, il ne se laisserait pas faire!

– Mais elles se sont montrées aimables, avec toi? Je veux dire, attentives? Prévenantes? Ces deux garces?

– Comme d'habitude.

– Tiens. Vraiment.

– D'ailleurs, j'y pense, tu as raison, elles ont été particulièrement gentilles. Maman a eu l'air presque contente de me voir. Et Charlette ne m'a fait aucune remarque sur ma coiffure. Maman m'a même appris que je lui manquais, tu imagines.

– Que tu lui manquais?

– Mais oui. Et elle m'a dit... Oh, je peux bien te le répéter. Elle m'a dit que je devrais revenir vivre avec elles, que ce n'est pas une situation d'avenir, serveur dans un bar à poivrots.

Antoine resta foudroyé. Benoît, exceptionnellement loquace, continuait, tout en alignant des chiffres dans ses colonnes :

– Et attends la meilleure. Elle m'a dit que si je voulais, elle me paierait une école en Amérique, et qu'au retour je pourrais être directeur commercial de leur Club.

Voilà. C'était donc cela.

– Même sans études, d'ailleurs, elle pense que ça pourrait aller. Elle qui m'a toujours dit que j'étais rétréci du cerveau. De quoi se taper le cul par terre. Non?

Le chantage.

Le chantage, voilà ce qu'elles avaient trouvé.

Tu aimes ton fils, n'est-ce pas? Eh bien, nous allons te le reprendre. Nous n'aurons pas de mal : regarde, il hésite déjà, sous ses airs fanfarons. N'oublie pas que c'est grâce à nous que tu as découvert cette joie, c'est nous qui t'avons fait revenir, c'est nous qui avons mis ce gamin dans tes grosses pattes malhabiles de jobard célibataire... Il t'est devenu indispensable, pauvre ami. Il te borde dans ton lit. Il tient tes comptes. Il organise tes journées. Adieu, Coupe d'Oubli, adieu, jours tranquilles, adieu, bâton de vieillesse!

A moins que tu ne fasses un geste, bien sûr. A moins que tu nous laisses la possibilité de surveiller un peu tes affaires, de participer au capital, de mettre notre nez et nos doigts parmi tes minuscules combines... Auquel cas nous nous résignerions à voir ce cher enfant continuer à ruiner son avenir et sa santé dans le petit commerce. Dans *notre* petit commerce... Que dirais-tu pour commencer d'un accord à soixante-quarante? Soixante pour nous, bien entendu... Brave Antoine... Tu verras, plus tard tu nous remercieras... Heureux petit père...

L'hiver arriva d'un seul coup, après une demi-saison dorée dans la lumière du fleuve. Un hiver combattant, posant dans chaque repli de terrain ses batteries de givre. La ville se tassait sous les toits d'ardoise. A La Coupe d'Oubli, protégées par les vitres embuées, les conversations se faisaient plus sonores, les visages plus rouges, et les nouveaux arrivants conservaient pendant une minute, autour d'eux, une aura de froidure.

Antoine avait mis un anorak de montagne, un bonnet, de grosses chaussettes en laine. Jeanne et Charlette sortirent de la maison à l'heure prévue. Benoît ne s'était pas trompé, il connaissait bien leurs habitudes, pauvre gosse. Laissé seul tous les jeudis soir. Seul, pendant que ces deux vaches allaient faire leur bridge. Soi-disant. Va-t-on jouer au bridge au fond de la campagne, non, sans doute, non, bien sûr, mais à quoi bon chercher à savoir. Il suivit la voiture blanche à bonne distance. La nuit était limpide et nue. Ils traversèrent un bourg pétrifié, une forêt hirsute de branchioles étincelantes. Ils passèrent sur le viaduc qui dominait une plaine immense, un cimetière d''arbres couchés, de maisons offusquées comme des tombeaux, un cimetière sans croix, sans chrysanthèmes de plastique, un cimetière presque vide en attente de pleurs et d'encens, un cimetière, une plaine traversée par une rivière en crue où la lune venait frissonner. Il se gara un kilomètre après le viaduc, dans un virage. Les voitures étaient obligées de ralentir à cet endroit. Il ne pourrait pas se tromper, quand elles reviendraient.

Attendre, maintenant, éteindre les phares et attendre. La nature craquait dans sa vieille peau sèche. La route était déserte. Les hommes et les femmes se terraient dans leurs réduits, dans leur risible dépendance, sous leurs couvertures de mots tièdes, loin, à la périphérie du cimetière. Et les deux autres, là-bas, se vautrant dans quelle crapuleuse débauche. Tout autour le froid grinçait, l'air se crispait comme un poing.

Antoine attendit longtemps. De temps à autre, quand la température devenait insupportable, il remettait le moteur en marche. Benoît dormait, sans doute, sans savoir. Mystère de son sommeil.

Il pensa à ses parents. Toujours méfiants, et jamais assez. Où se trouvait son père, à cette heure, dans quel paradis de truqueurs ? Et lui-même, Antoine, où finirait-il : paisiblement, derrière son comptoir, d'un oubli du cœur, tandis que ses petits-enfants joueraient dans l'arrière-salle ? Ou au tréfonds de quelque asile baptisé « Feuilles d'automne », peuplé de fantômes pisseux et grognons?

La voiture blanche arrivait, et il était très tard. Il repéra les phares de loin, leurs coups de pinceaux désolés. Il n'alluma pas les siens.

Maintenant il était à la traîne derrière la voiture blanche. Des plaques de givre rongeaient le bitume comme une moisissure.

Elles arrivaient sur le viaduc. C'était le moment, bientôt elles surplomberaient la rivière en crue, bientôt la voiture blanche déchirerait l'air comme un caillot de glace, vers la lune froide. Il allait rétrograder, il rétrogradait, il accélérait, le moteur chantait. Il dépassa la voiture blanche qui filait à toute allure, et se rabattit doucement. Antoine distinguait le visage de Jeanne, ouvert sur une bouche noire, il eut le temps de la regarder, elle chantait elle aussi, puis elle s'envola.

Il eut du mal à freiner. Sa voiture dérapa longuement en sifflant, heurta le garde-fou en fer que la voiture blanche avait défoncé, là-bas, derrière. Il recula, éteignit le moteur, descendit.

Il se pencha au-dessus du vide, chercha à voir ce qu'on ne peut pas voir, à entendre ce qui est silence.

– Benoît, tu es venu.

Antoine avait du mal à trouver les mots. Son fils était venu. Son visage, à travers la vitre ternie, semblait plus flou que jamais.

– Tu as vu l'avocat?

Benoît fit un signe affirmatif.

– Il t'a dit les mêmes choses qu'à moi?

– Ça va être difficile, c'est ce qu'il m'a dit. Il plaidera la non-assistance à personne en danger. Mais l'accusation de double homicide est difficile à réfuter, dans ta position.

– De qui est venu le coup de fil? Qui a pu me dénoncer? Personne n'était au courant, l'endroit était désert...

– Moi, j'étais au courant, papa.

La voix qui nasillait dans le haut-parleur n'était pas celle de son fils. Il ne la reconnaissait pas.

– Tu ne m'avais rien dit, mais j'étais au courant. C'est moi qui t'avais donné toutes les indications, tu te souviens. Chaque jeudi, j'attendais que tu te décides. Tu as mis le temps.

– Je ne comprends pas ce que tu me dis, Benoît.

– Ce n'est pas grave. Tu auras le temps d'y réfléchir. Moi aussi, j'ai eu beaucoup de temps pour réfléchir, en attendant que tu reviennes. Quinze ans. C'est sans doute ce dont tu disposeras, à ton tour. Nous serons quittes.

– Mais tu n'as pas téléphoné à la police. Tu ne l'as pas fait.

Le reflet de Benoît, dans la vitre épaisse, fit signe qu'il l'avait fait.

– Je viens juste d'avoir dix-huit ans, papa. Ce monde est dur. Il faut faire sa place.

Antoine sourit en regardant son fils, et se dit que lui-même n'avait été qu'un maillon raté dans la lignée. La tradition reprenait ses droits.

– J'hérite du Club de maman. Il va falloir que j'embauche. Au bar aussi, bien sûr. Ça sera un peu compliqué, au début, mais ne t'inquiète pas, j'y arriverai.

Le sourire d'Antoine s'élargit.

– Tu m'as poussé à faire ça? Tu savais que je le ferais?

– Je n'ai jamais douté de toi, papa. Quant aux deux autres, il fallait bien qu'elles paient. Je te raconterai ces quinze ans, un jour.

– Mais quand tu allais les voir... Quand tu revenais, que tu me racontais...

– Je ne suis jamais allé les voir. Elles n'ont jamais eu le moindre intérêt pour nos activités. Trop obnubilées par leurs petites affaires. Je passais mes journées à la bibliothèque. Droit, comptabilité... Tu m'excuseras, je ne peux pas rester trop longtemps. C'est le jour des fournisseurs, tu te rappelles? Et puis je voudrais aller déposer le brevet de ton, je veux dire de mon invention.

L'image de Benoît se brouilla. Antoine ne put pas la voir s'évanouir : il avait fermé les yeux, secoué par le rire qui enflait en lui depuis tout à l'heure, et qui enfin se libérait.

Après le procès, Antoine fut envoyé dans un établissement éloigné, assez peu confortable, au milieu d'une région dépourvue de vignobles. Benoît n'avait guère le temps de rendre visite à son père. Un jour, pourtant, on emmena le prisonnier au parloir. Le jeune homme qu'il vit ne ressemblait en rien au croque-mort malingre aperçu sur le quai de la gare, à son retour de Sicile – si longtemps, déjà! Sa physionomie s'était épanouie, il portait un complet bleu ciel. Une femme l'accompagnait.

Benoît présenta Sophie à son père. Antoine voyait pour la première fois son fils sourire, et afficher une expression qui ressemblait à du bonheur.

Ils venaient de se marier, et partaient pour une courte lune de miel du côté d'Alicante. Les vignerons de là-bas avaient fait de gigantesques progrès, ces derniers temps. Antoine songea aux années qui le séparaient de son dernier verre de vrai vin.

La conversation fut brève. Sophie ne fit rien pour l'alimenter. Puis Benoît se leva, prit sa femme par la main, et ils se dirigèrent vcrs la sortie.

Arrivée sur le seuil, Sophie se retourna, lâcha la main de Benoît, et revint vers son beau-père.

– Il m'a tout raconté, murmura-t-elle. Il se croit vraiment fort...

Ces mots le traversèrent comme le son aigre d'une corde pincée. Un sourire, qu'Antoine reconnut aussitôt, effleura le visage de la jeune femme.

Sur le seuil, ils se retournèrent. Antoine leur fit un petit signe de la main. Il avait hâte de retourner à sa cellule.

Djinn

Un essaim de frelons vrombit à l'intérieur de son crâne.

Il reste immobile, sans ouvrir les yeux, les genoux ramenés sous lui, le front posé sur le sol dur et froid – sans doute le carrelage de la cuisine.

Il a exagéré.

Il se sent rempli d'un liquide amer, nauséabond. Il sait que le moindre mouvement le fera déborder. Ne pas bouger d'un cil. Attendre.

Parfois l'essaim s'éloigne. C'est alors un angélus d'enfer, sonné au rythme du pouls par dix battants de cloches.

S'il entrouvrait seulement la bouche, il se vomirait lui-même entièrement, pour ne laisser sur le sol qu'une enveloppe gluante.

Il ne se rappelle plus tout ce qu'il a ingurgité. Un souvenir de champagne lui remonte en brûlant le long de l'œsophage. C'était en revenant du cinéma. Ils ont vu un film de Billy Wilder dans lequel Audrey Hepburn et Humphrey Bogart n'arrêtaient pas de boire du champagne. Béatrice riait sur le chemin du retour. Pourquoi s'est-elle mise à crier, ensuite? Parce qu'il a proposé de faire sauter un bouchon?

Même penser lui fait mal à la tête. Les souvenirs et les idées s'agitent comme des grelots stridents.

Non, elle n'a pas crié tout de suite. Il a proposé d'ouvrir la bouteille de Dom Ruinart qu'il gardait au frais, et elle s'est contentée de faire un jeu de mots aigre sur ruineux, ruiné, ruine, il ne sait plus.

Il a fait sauter le bouchon quand même. Béatrice n'aime pas qu'il boive. Elle prétend qu'il est en train de devenir alcoolique, elle sait pourtant que c'est faux. Elle cherche à l'humilier, à le démoraliser, à lui faire croire qu'il n'est plus bon à rien, qu'il n'est plus capable d'écrire une ligne.

Il ne boit jamais d'alcool. Uniquement du vin.

Pas de gin, pas de vodka, de tequila, ces boissons industrielles et frelatées. De temps à autre, c'est vrai, mais rarement, un doigt de pur malt, ou une goutte de prune dans le café. Et alors.

Béatrice ne ressemble pas à Audrey Hepburn. Audrey Hepburn ne crie jamais. Elle a un regard de faon, un cou long et courbe, et une multitude de petites dents qui brillent. Jamais elle ne reproche à ses partenaires de boire du champagne.

Béatrice a tout de même accepté une coupe. Elle l'a bue sans rien dire, et n'a pas voulu en reprendre.

Cet angélus.

Il décide d'ouvrir un œil, mais se ravise. Le moindre éclat de lumière le tuerait, il le sait. Commencer par étendre les jambes. Tout doucement, pour ne pas déborder.

Où est-il?

D'abord la jambe droite, lentement.

A peine a-t-il bougé qu'un flot violent l'emporte et le roule comme une bille de bois. Lentement, les effets du mouvement s'atténuent. Il se retrouve dans une position bizarre, une jambe repliée sous lui, l'autre allongée, une joue collée sur le carrelage. Déplier la jambe gauche, sans heurt, afin de se retrouver à plat ventre. Aussitôt les remous se déchaînent. Il contracte les mâchoires pour ne pas se vider. Ses viscères tournent dans un sens, et sa peau dans l'autre.

Il a réussi à allonger ses deux jambes. Bizarrement, sous son corps le sol paraît convexe et lisse, comme gonflé par une méchante promesse.

Que s'est-il passé ensuite? Béatrice est allée dans la cuisine, elle a rincé sa coupe. Il se souvient du bruit de l'eau, comme un reproche qui ne voulait pas s'éteindre. Il s'est versé du champagne pour la troisième fois. Il n'est pas du genre à se laisser impressionner par un accès de mauvaise humeur.

Ce soir il avait envie de faire la fête, de rester dans un monde où toutes les femmes auraient ressemblé à Audrey Hepburn, et où tous les hommes auraient téléphoné depuis leur voiture à leur secrétaire pour lui demander de réserver deux places sur le prochain paquebot en partance – *peu importe la destination, Sonia.*

Béatrice est contre ce genre de monde. Pour elle, l'homme idéal est un hybride de lord Byron et d'Antoine Pinay, il peut citer les cours du Dow Jones et le dernier Duras, boit du schweppes light et signe des pétitions contre l'assimilation forcée de la minorité nénète dans le haut Altaï.

Il n'y a pas eu de fête. Béatrice est revenue de la cuisine avec la mine plombée des soirs d'orage. Tout en baissant la fermeture Éclair de sa robe, elle a prononcé quelques phrases dont son cerveau à lui n'a pas gardé l'empreinte.

Il décide de tenter l'ouverture de l'œil gauche. La paupière se soulève en tremblant. Est-il vraiment dans sa cuisine? Il ne distingue tout d'abord qu'un brouillard épais et verdâtre. De vagues silhouettes s'en détachent progressivement, qu'il est incapable de reconnaître. Tout cela ne ressemble à rien. Sa vie elle-même est assez informe, il est prêt à en convenir.

Il a dû finir la bouteille seul, avachi dans un fauteuil du salon, en écoutant *We will rock you* de Queen. Il n'aime pas cette musique, mais estime qu'il est de son devoir d'écrivain de rester en contact avec son siècle. Et en particulier de comprendre, sinon de partager, les goûts des jeunes générations. Bien entendu, il n'aime pas plus les jeunes que leur musique. Il déteste en particulier les adolescents, qu'il trouve laids, agressifs et mous; mais il n'est pas question d'abandonner ce public potentiel à des confrères plus malins, plus démagogues ou moins âgés que lui. Il apprend donc leur langage, se mêle à eux dans les concerts et même dans les *raves*, écrit des articles pour *Vingt ans* et pour *Bravo Girl.* Il se donne du mal.

Béatrice juge ridicule sa façon de s'habiller, de faire déteindre ses chemises, de porter des jeans déchirés, des vestes trop grandes ou des lunettes de soleil en plein hiver. Elle croit sans doute que l'homme de lettres doit être bien rasé, porter une veste en tweed et un col ouvert sur un foulard de soie. Elle ne se rend pas compte qu'à quarante-cinq ans, s'il ne veut pas se laisser définitivement décrocher, il est dans l'obligation de suivre pas à pas l'évolution des modes, des lubies collectives, des courants de pensée – qu'elle appelle des courants d'air.

Ce n'est tout de même pas une bouteille de champagne qui a pu le réduire ainsi à l'état de pièces détachées. Il a abusé, c'est certain. S'il ne craignait pas le retour meurtrier des frelons, il se lèverait pour aller vérifier que les deux bouteilles de sancerre qu'il garde au frais dans le bas du réfrigérateur sont toujours à leur place.

Soudain, il s'aperçoit que sa main trempe dans une flaque. Il fait pivoter sa tête pour l'amener à la verticale, appuyée sur le menton, et entreprend d'ouvrir les deux yeux, au mépris des forgerons enthousiastes qui tiennent congrès sous le cuir chevelu. Sa main droite, en effet, disparaît à moitié dans un liquide brunâtre, difficile à identifier dans la pénombre verte où il est plongé.

Il referme les yeux. Qu'a-t-il fait, cette nuit, après avoir écouté Queen? Il ne se souvient pas d'être sorti. Il revoit simplement Béatrice surgissant de la chambre, vêtue d'un grand tee-shirt, le visage ensommeillé. Il se rappelle l'avoir trouvée belle à ce moment précis, et désirable – surtout lorsqu'elle a arraché sans un mot la prise de la chaîne stéréo – et avoir regretté un instant de n'être plus pour elle source de plaisir, d'étonnement, de rire.

Si sa mémoire ne le trahit pas, il lui semble bien avoir tenté de poser une main sur ses fesses, en remontant le tee-shirt.

Il décide de s'asseoir en tailleur. C'est une tâche difficile, presque effrayante. Il mettra le temps qu'il faudra. En tentant de se redresser, il glisse et s'effondre dans la flaque. Une odeur puissante de vinasse le submerge. Dans un sursaut de rage douloureuse, il se relève en prenant appui sur la paroi, qui glisse elle aussi. Il se retrouve assis. Il a l'impression qu'on est en train de lui gober les yeux, ou de les extraire à l'aide de ventouses. Il ne distingue rien de précis dans cette obsédante clarté verte. Il attend que s'apaisent les coups de bélier qui se répondent d'une tempe à l'autre.

Il a dû boire le sancerre. Sans doute pas les deux bouteilles, il n'est tout de même pas un ivrogne, quoi qu'en dise Béatrice. Quoi qu'en dise également Jean-Paul, lequel prétend qu'il a été baptisé avec une queue de morue, ou qu'il a une descente qu'on n'aimerait pas faire à vélo. Jean-Paul est son meilleur ami, c'est aussi le meilleur ami de Béatrice.

Il a peut-être bu les deux bouteilles, finalement. Et même, un peu plus tard, le demi-litre de cahors qui restait de la veille. Une image lui revient brusquement : celle de sa main relevant le tee-shirt pour caresser les fesses de Béatrice en colère. Béatrice se retourne alors, son visage porte une expression inédite, qu'il serait incapable de définir, mais qui a sans doute à voir avec la gifle qu'il reçoit dans la seconde qui suit – tendance *heavy metal.* Ce seul souvenir déclenche un carillon forcené.

C'est ensuite qu'elle a crié. Il lui demandait d'arrêter, lui disait *Béatrice, voyons* en se tenant la joue, mais rien n'y faisait. Elle envoyait en rafales des mots à charge creuse, comme ces balles dont on parle dans les romans de guerre, prévues pour exploser dans la plaie.

Lui a-t-elle vraiment dit qu'il finirait noyé dans

une bouteille de bibine, et que personne ne s'apercevrait de sa disparition tellement il était devenu transparent, inconsistant, inexistant ? Qu'elle ne passerait pas un jour de plus avec un pochard égoïste, impuissant, ridicule, dégénéré ? Qu'il n'était qu'une éponge, une loque, un débris, une épave, un déchet, une serpillière ? A-t-elle réellement prononcé ce mot affreux, *bibine* ?

Soudain il entend prononcer son nom. Quelqu'un l'appelle – on dirait la voix de Béatrice, tombant du ciel comme une apostrophe divine. Il doit se relever, vite, ouvrir les yeux, se recoiffer.

Des bruits de pas, de chaises remuées, de nouveau des appels qui résonnent comme dans une église. Il a réussi à se mettre debout, à ouvrir les yeux malgré la sensation qu'on est en train de lui arracher la cervelle avec un tire-bouchon.

Il ne reconnaît rien, dans tout ce vert.

Et pourtant si, il lui semble reconnaître. Mais ce doit être la dernière fantaisie du sommeil. Cette paroi courbe et lisse sur quoi il s'appuie. Ce liquide brunâtre dans lequel trempent ses pieds, qu'il avait tout à l'heure pris pour une flaque, et qui, en fait, a la forme d'un anneau parfait. Le sol convexe sur lequel il était allongé. Ces reflets vert sombre, et, tout là-haut, loin au-dessus de sa tête, l'ouverture d'un goulot d'où lui parvient la voix caverneuse de Béatrice.

Il colle son visage contre la paroi, écarquille les yeux. Il voit approcher deux pieds énormes et nus, que la déformation optique rend pareils à des monstres marins, aux tentacules boudinés. Il lui semble avoir aimé jadis ces choses, les avoir embrassées, les avoir trouvées menues, adorables, anglaises. La voix de Béatrice tonne, là-haut, déferle en vagues assourdissantes. Puis les deux poulpes s'éloignent, et c'est seulement alors qu'il se met à crier et à taper du poing contre la muraille de verre.

Elle ne l'a pas entendu. Il distingue maintenant des mugissements vagues, des échos lointains. Elle doit être au téléphone, en train de se plaindre de lui.

Il se met à courir en tous sens, patauge dans un reste de cahors, se cogne contre le verre, tente désespérément de grimper le long des parois, mais le goulot est inaccessible.

Puis il s'immobilise, hors d'haleine. Il observe la cuisine, méconnaissable, engloutie dans une lumière verte d'apocalypse, les pieds des chaises et de la table avec leurs sinuosités d'algues, la masse mouvante, hostile du buffet, la fenêtre dont les carreaux palpitent.

Il voudrait pleurer, mais sa gorge est trop nouée pour laisser passer un sanglot.

La porte de la cuisine s'ouvre à nouveau. Béatrice entre. Elle se déplace vers la gazinière avec des mouvements de méduse. Elle se prépare un café, fait griller des tartines. Elle porte le peignoir qu'il lui a offert l'an dernier. Les bruits parviennent jusqu'à lui déformés, atroces. Béatrice a allumé la radio, et pendant un moment il reste pétrifié, à l'observer, dans la cacophonie qui se répercute douloureusement sur les parois de verre.

Elle se lève, va laver son bol.

Il entend un grésillement puissant : la sonnette, sans doute. Elle va éteindre la radio, sort de la pièce.

Lorsqu'elle revient, elle est accompagnée de Jean-Paul. Ils sont debout, tout près de lui.

Il se met à hurler, à frapper du poing et des pieds, en vain. Jean-Paul a pris Béatrice dans ses bras. Il la console.

Maintenant elle parle de lui, il a reconnu son prénom. Elle montre l'état de la cuisine, d'un air découragé, les bouteilles vides alignées dans le coin. Jean-Paul la fait asseoir, il hoche la tête, désolé ou réprobateur, il va chercher un sac plastique sous l'évier, commence à y entasser les paquets de cigarettes vides, les emballages, les bouteilles.

Sur sa chaise, Béatrice s'est mise à pleurer.

Sans doute n'est-ce qu'un cauchemar, se dit-il, plongé dans une obscurité soudaine, secoué en tous sens dans le tintement des verres qui s'entrechoquent.

Mais il sait bien, dans le fond, que la vie d'avant était un rêve dont il n'a pas su apprécier la douceur. Il va falloir maintenant entrer dans le réel.

La mort par transparence

La terrasse, orientée à l'ouest, est à demi couverte par un auvent de lauzes. De chaque côté, l'abbé Gernis a fait installer des panneaux vitrés, de façon à pouvoir profiter de l'abri en demi-saison sans être chassé par le vent, fréquent sur cette hauteur.

Il a posé sur la table en fer deux verres et une bouteille sans étiquette, et s'est enquis de mes trouvailles du jour. Je lui ai montré mon panier, rempli de plantes et de champignons.

Je suis né ici, à Saint-Cirq-Lapépie. Ma mère y vit toujours, et je reste chaque année deux semaines auprès d'elle, en été.

Je passe mes journées à herboriser; la région est un paradis pour le botaniste. Dans une seule vallée, près de Sousceyrac, j'ai recensé au fil des ans quatorze variétés de chélidoine, *Chelidonium majus*. Ces longues marches solitaires à la recherche de l'orchidée, de la potentille ou de l'hybride de compagnon rouge me permettent à la fois de pratiquer une activité physique et de rester éloigné de ma mère pendant quelques heures : Comme la *Digitalis ambigua*, ma mère a un effet tonicardiaque assez violent, et peut à trop forte dose provoquer des empoisonnements graves.

– Quelques *Veronica officinalis,* ai-je répondu à l'abbé. Et une gentiane asclépiade à fleurs blanches... ce qui est très rare, vous ne l'ignorez pas.

– Je l'ignore et je m'en fous, mon petit. Je m'intéresse davantage à ces superbes girolles. Rien qu'à les regarder, on se sent déjà en état de péché.

– Désolé, elles sont pour ma mère. Ah, j'ai aussi un spécimen qui devrait vous être sympathique : une « clandestine ». *Lathraea squamaria,* ou quelque chose d'approchant. Robuste, pas très gracieuse avec sa grosse tige et ses petites fleurs rosâtres. Un parasite complet : dépourvue de chlorophylle, elle se nourrit entièrement sur le dos de ses hôtes, de bons vieux arbres qui n'ont rien demandé à personne.

– Je te vois venir, avec tes sornettes anticléricales. Tu ferais mieux de goûter ça, et de te taire.

Il a rempli les verres d'un vin épais et sombre.

– Que serait l'homme sans le vin ? a-t-il soupiré en humant son verre. Une bête silencieuse et triste. Le premier geste de Noé, à peine descendu de l'arche à la fin du déluge, fut de planter une vigne, et de s'enivrer...

C'était un vin de Maury, un vin de son pays. Quand on se promène dans les Fenouillèdes, on voit les grosses bonbonnes alignées sur les coteaux. Le vin vieillit là, exposé au soleil, à la pluie, au vent. L'abbé prétend que les gens ressemblent au vin de leur région, et qu'on connaît mieux les Bordelais ou les Bourguignons en buvant leur vin qu'en parlant avec eux. Ce sont des gens secrets, qui thésaurisent leurs bouteilles dans des caves profondes et noires. Dans les Fenouillèdes, chacun expose son âme au soleil.

Nous avons continué un moment de blaguer, puis le silence s'est installé doucement. A l'aplomb de Souillac, le soleil s'enfouissait dans la lie pourpre des nuages.

Une main posée sur la mappemonde de son ventre qui tendait la chemise de toile, l'abbé semblait guetter dans le ciel un signe, une apparition ; ou peut-être simplement essayait-il de dissocier les différents parfums se dégageant du verre que son autre main promenait sous son nez. Quels effluves d'enfance y retrouvait-il ? Son visage, sous la chevelure blanche, prenait dans la lumière du soleil couchant des teintes de brique.

J'ai senti, de façon presque palpable, une tristesse l'envahir, une soudaine fatigue d'être.

Je buvais à minuscules gorgées le vin qui déployait avec majesté ses vingt-deux degrés d'alcool, et laissait dans la bouche un goût exquis de confiture, cerise ou cassis.

Soudain, un bruit nous a fait sursauter, une sorte de gong suivi d'un battement d'ailes affolé. Un oiseau venait de heurter la large vitre, à ma gauche. C'était une mésange : elle a roulé sur les dalles de la terrasse, puis est parvenue à reprendre son vol.

– Le deuxième, aujourd'hui. Regarde.

L'abbé s'est levé avec difficulté, il est allé vers le rebord d'une fenêtre, pour revenir en tenant dans ses mains en coupe le corps d'une grive musicienne, bec rabattu sur sa poitrine mouchetée.

Il s'est rassis, a continué un moment de caresser le plumage de la grive, avant de la poser sur la table.

Nous nous taisions. Bientôt la danse anguleuse des premières chauves-souris commencerait. D'ordinaire, je rentre à la maison après le premier verre, afin d'éviter d'entendre ma mère m'annoncer que, morte d'anxiété à me savoir seul dans la forêt, elle a réveillé les voisins, téléphoné à l'hôpital de Saint-Céré, alerté les gendarmes. Mais ce soir je n'ai pas protesté quand l'abbé m'a versé une nouvelle rasade de maury.

– Ils ne voient pas la vitre. Ils arrivent peut-être des coteaux de Glanes, où ils ont picoré le raisin chaud. Ils sont ivres. La mort les attend là. Elle est invisible, elle a l'apparence du ciel, elle donne envie de s'élancer, de chanter...

La voix rocailleuse de l'abbé, encore pleine des accents du Roussillon bien qu'il ait passé la majeure partie de sa vie dans le Quercy, ne m'avait jamais semblé faite pour ce ton de confidence mélancolique. Ce n'était plus lui soudain qui parlait, ce n'était plus le franc et jovial buveur qui m'avait baptisé trente ans plus tôt et qui, chaque fois que je revenais au village, m'obligeait à communier avec lui sous l'espèce d'un vin sorti de derrière ses fagots bénits : c'était un homme plus ancien, oublié de lui-même, dont j'ignorais tout. Un inconnu, un fantôme apparu à la faveur d'une soirée un peu plus douce que les autres peut-être, d'un vin un peu plus puissant, ou à cause d'une grive musicienne morte par transparence.

*

Son histoire, je ne saurais la restituer telle qu'il me l'a confiée, dans la pénombre d'un soir de juillet fourmillant d'odeurs et de bruits. La voici telle qu'elle me revient, plusieurs mois après, au milieu du désordre de ma vie à Paris, sous le traîtreux habillage de mes mots.

J'espérais, en entreprenant ce récit, retrouver l'accent de l'abbé Gernis, sa voix de cailloux roulés.

En vain, sans doute.

Où est-il à cette heure, tandis que Saint-Cirq se crispe sous l'hiver? Quel meursault au goût de brioche et d'amande est-il en train de choisir pour le ciboire dominical, dans la salle à manger du presbytère, insoucieux des marmonnements outrés de sa gouvernante? (« *C'est que je ne veux pas faire la grimace au Seigneur quand je communie, mademoiselle.* ») Quelle épique tirade a-t-il entamé à l'épicerie-café de Jeannette, quelle homélie poivrée? Dans quelle prière sans réponse est-il perdu, face au crucifix de sa chambre?

*

A sa sortie du séminaire, Maxime Gernis fut pris d'un doute. Il n'était pas certain de se trouver prêt à *accomplir le destin de l'homme et présenter à Dieu tous les hommes* – fonction du prêtre telle qu'elle avait été définie par les pères tout au long de ses études.

Vivre dans le troupeau, au milieu des frères humains, pour les guider et les aider, lui semblait une tâche à la fois humble et magnifique, et il sentait en lui suffisamment d'amour pour se savoir apte à la remplir dignement. Mais que signifiait, en vérité, « accomplir le destin de l'homme »? Il ne s'agissait pas seulement, selon ses professeurs du séminaire, de partager la chaleur, les désarrois, les peines, les bonheurs de ses congénères, de leur apporter la lumière vivante du Livre : cela, il le ferait tout naturellement, ordonné ou non.

Il y avait autre chose.

L'idéal du prêtre, tel qu'il semblait conçu par ceux qu'il avait pu connaître, était certes un idéal d'amour, mais aussi de renoncement. Or il ne pouvait accepter cette idée, qui avait été source de bien des discussions et de bien des conflits au cours de ses études, tant avec ses maîtres qu'avec ses condisciples.

Selon lui, la vie d'un croyant authentique ne pouvait s'envisager que dans la plénitude de la joie et des plaisirs terrestres. Il n'avait nullement l'intention de devenir pareil au père Ignace, cette face d'endive, ou à l'abbé Dumeilhan, lequel faisait de chaque instant de son existence une occasion de macération. Encore moins au chanoine Mauriac, qui pratiquait la pénitence comme on pratique un régime : une cuisse de confit se dissolvait dans trois *Pater*; un regard gourmand sur les catéchistes de Sainte-Ursule, même suivi d'une érection durable, se laissait aisément rédimer par une contrition et un ou deux jours de diète de concupiscence.

Max Gernis voulait vivre, nom de Dieu! Vivre le plaisir sans remords, comme un hommage au Créateur, et non dans la glorification permanente du sacrifice et de l'oubli de soi!

Le moment arrivait où il faudrait choisir. Il était encore temps de renoncer au sacerdoce, d'apprendre un métier, ou de reprendre l'exploitation de la petite vigne familiale, dans les Fenouillèdes. Il n'avait pas vingt ans, et bien sûr la question du célibat était pour lui source de douloureuse perplexité. Porté par sa foi, par son enthousiasme, par son amitié pour les gens et pour les choses, n'allait-il pas s'engager trop légèrement dans un avenir de frustrations et de malheur?

La vie, avec sa générosité ambiguë, se chargea de lui accorder un sursis : deux mois à peine après sa sortie du séminaire, la guerre éclatait.

Gardant un souvenir mitigé de son séjour au chantier de jeunesse installé dans une métairie abandonnée, au-dessus de Banyuls (hormis les joyeuses vendanges de 1940, seule parenthèse d'allégresse dans la dépression planétaire), guère convaincu par les discours pétulants du général De la Porte du Theil à la jeunesse française (*Bénissez la souffrance qui vous a menés là, vous en recueillerez les fruits...* »), peu désireux par la suite de prêter sa force de travail à une usine du Schleswig-Holstein pour contribuer à l'édification d'un Reich prévu pour mille ans, il réussit à passer entre les mailles du filet franco-boche et se retrouva, en février 1943, dans un de ces maquis où, selon ses propres mots, on mangeait mal mais on rigolait bien.

Les premiers jours ne furent pas faciles. Il n'oublierait jamais le départ des Fenouillèdes, un jour de pluie glaciale et de vent. La veille au soir, le maire du village était arrivé à la ferme pour prévenir que Max avait été dénoncé, et que les gendarmes viendraient fouiller la propriété dès l'aube. La première réaction du père fut silencieuse. Il s'éclipsa par la porte du chai, et revint quelques minutes plus tard avec entre les mains une bouteille de vin doux datant de l'année de naissance de Max. On sortit les verres du buffet, et même la petite sœur, Marie-Christine, âgée de onze ans, eut le droit de trinquer.

C'eût été un beau sujet pour un tableau patriotique, intitulé *Les adieux au partisan* ou *Se reverront-ils?* : les parents, leur fille cadette, le maire, debout, visages translucides dans la clarté de la lampe à pétrole, levant leurs verres emplis de vin tremblant et tournant leurs regards vers le futur combattant; dans la pénombre, la huche luit; sur la toile cirée, quatre assiettes où refroidit la soupe.

Il marcha pendant des nuits entières, en direction du nord-ouest, aidé par les cartes que le maire lui avait fournies, et par une boussole datant de sa communion solennelle.

Il se nourrissait avec parcimonie des provisions dont sa mère avait bourré le havresac, et dormait dans la journée, ce qui lui permettait de moins souffrir du froid et de l'humidité – et même, de temps à autre, au mépris des règles de prudence, d'allumer un feu.

Une semaine plus tard, livide, le visage mangé de barbe et de gerçures, épuisé et amaigri comme un saumon après le frai, il arriva au village qui lui avait été indiqué.

Transi, il resta dissimulé dans le cimetière attenant à l'église jusqu'à l'heure d'ouverture de la boulangerie. Le boulanger, un petit homme charbonneux et cuivré semblant tout juste sorti de son four, le regarda d'un œil soupçonneux.

Max lui annonça que la tante Eugénie aimait les escargots crus. Le boulanger n'y trouva pas de quoi rire, mais il alla aussitôt refermer le rideau de fer.

Le boulanger, bien que grand bouffeur de calottes, fut vite conquis par l'ardeur de l'ex-séminariste. Il l'installa dans une remise – minuscule, mais bénéficiant de la proximité du four qui y dispensait sa chaleur et son parfum.

Or, comme dans les contes, le boulanger avait une fille âgée de dix-sept ans, prénommée Anne. Noiraude et sèche ainsi que son père, elle vivait dans le culte de son frère Louis, de trois ans son aîné, qui depuis plusieurs semaines déjà avait rejoint le maquis où devait justement être incorporé Max.

Anne fut chargée de s'occuper du jeune homme : elle lui apportait à manger, lavait et repassait son linge, lui donnait les nouvelles qu'elle pouvait glaner au village. Max n'avait l'autorisation de se déplacer dans la maison que lorsque les volets étaient fermés ; dans la journée, personne, de l'extérieur, ne devait l'apercevoir. Les dîners en famille étaient brefs, car le boulanger se couchait tôt. Max avait par moments l'impression de compenser, auprès de ses hôtes, l'absence de Louis.

Le deuxième jour, Anne vint le voir dans sa remise. La pièce était éclairée par un unique vasistas. La jeune fille portait un plateau sur lequel fumait une assiette de pommes de terre. Il y avait aussi du pain, un verre d'eau, un morceau de fromage sec. Max qui lisait, allongé sur sa paillasse, de vieux journaux d'avant-guerre, s'assit et invita Anne à en faire autant. Elle le regarda manger, sans sourire, attentive.

– Vous ne voulez pas déjeuner avec moi?

– Je vous remercie, j'ai déjà mangé avec ma mère.

Elle avait une voix grave, pareille à celle du violoncelle du frère Fontès, qui enseignait la théologie au séminaire. Max avait conscience que n'importe lequel de ses professeurs eût jugé la situation inconvenante et dangereuse; pourtant, il ne parvenait pas à se persuader que le diable pût prendre des apparences aussi simples et fraîches.

– J'ai une mauvaise nouvelle pour vous, lui annonça-t-elle quand il eut fini de manger. Vous ne partirez pas demain.

Ce n'était pas une si mauvaise nouvelle, du moins pour Anne, qui manquait de compagnie : plusieurs garçons du village, amis de Louis, étaient également partis dans le maquis, et Anne restait la seule fille de son âge.

– Si vous voulez, nous pouvons jouer aux cartes, tenez, j'ai apporté un jeu.

– Qui vous a dit que je ne partirais pas demain?

– Je ne sais pas. Tous les jours, je vais en vélo jusqu'au chêne de Rouzières, à une dizaine de kilomètres d'ici. La veille de votre départ, il y aura un chiffon blanc accroché à une branche.

– Vous faites tout ce chemin uniquement pour moi?

– Non, pas seulement. Parfois il y a des messages à porter.

Le maquis, dans les rêves d'Anne, était un immense terrain d'aventure où chacun n'exprimait que le meilleur de lui-même, où l'amitié et l'idéal patriotique transcendaient les misères et les petitesses de l'existence commune. Le danger n'y était jamais effrayant, la douleur dégradante, ni l'autorité arbitraire, et la mort n'y représentait rien d'autre qu'un coup de dé improbable et malchanceux, la mauvaise case du jeu de l'oie.

Pourquoi les filles n'étaient-elles pas admises à cette fête? Pourquoi la responsabilité de la vie collective reposait-elle sur les seules épaules des femmes? En temps de guerre, la plupart des hommes jeunes et valides étant absents ou morts, elles devaient assurer l'intendance, la survie et l'avenir du pays, de même qu'en temps de paix, elles restaient confinées dans leurs maisons, à assumer les tâches les moins visibles, afin de permettre aux hommes de transformer le monde selon leurs idées ou leurs passions. Anne avait le droit de risquer sa vie en servant de boîte aux lettres, d'héberger des maquisards en transit, de laver leurs chaussettes et de leur préparer des repas; elle n'aurait jamais celui de tenir un fusil, et lorsque le pays serait délivré, ce n'est pas pour elle ni pour ses pareilles que sonneraient les fanfares ni que brilleraient les colifichets de la gloire.

De tout cela, elle parla avec Max, au cours de ce séjour à la boulangerie qui devait durer plus longtemps que prévu. Lui-même découvrait avec ravissement l'univers d'une jeune fille, ses émois, ses révoltes, ses projets.

Il trouvait, par ailleurs, qu'elle sentait atrocement bon. Quand elle pénétrait dans la petite pièce, elle apportait avec elle une fraîche senteur de savon et de pain, qu'il aurait aimé conserver après son départ – la nuit surtout, lorsqu'il se réveillait en sursaut, et se mettait à penser avec appréhension à son départ imminent, à ses lendemains incertains.

Il se confia, lui aussi. Il parla des Fenouillèdes, de la vigne paternelle, du séminaire. Et même de Dieu, ce qui faisait pousser à Anne des soupirs de commisération.

– Tu crois vraiment à toutes ces bêtises ? Tu crois que Dieu, s'il existait, pourrait avoir voulu que le monde ressemble à ce qu'il est ?

– Je crois que Dieu a fabriqué l'univers, et que depuis il le regarde avancer, comme on regarde un voilier miniature traverser le bassin, avec espoir, avec confiance, en se gardant bien d'intervenir au moindre coup de vent pour le redresser...

– Hitler, c'est un coup de vent ? Tous ces massacres, cette folie, un coup de vent ?

– Il ne faut pas juger au regard de nos vies minuscules, mais au regard de l'éternité : Hitler, oui, n'est qu'une anicroche, une convulsion imperceptible...

Max sentait bien quelle lâcheté il y avait à tenir un tel discours. Il aurait voulu faire preuve de la même sincérité qu'Anne, ne pas lui servir les vérités fabriquées par les bons pères, oser lui parler plutôt de cette chaleur immense qu'il portait en lui, et qu'il hésitait à nommer. S'il n'en parlait pas, c'est bien qu'il n'était pas certain que cette chaleur indicible, cette lumière, ce grand rire fussent seulement dus à la présence en lui de ce Dieu auquel on l'avait habitué à croire. Mais après tout, cela avait-il une portée si fondamentale ? L'important n'était-il pas de conduire sa vie selon des principes solides et francs ?

– Alors, tu seras prêtre ? lui demanda-t-elle un jour en distribuant les cartes.

– Sans doute, oui. Après la guerre. J'aurai du travail, pour ramener dans le troupeau les brebis de ton espèce.

– Mais comment peux-tu être sûr de ne pas te tromper, de ne pas gâcher ta vie ? Tu n'as pas envie de te marier ?

La question resta sans réponse. Tous deux sentaient, depuis quelque temps, que la nature de leur relation avait changé. Même les parents d'Anne s'en étaient aperçus. La mère, sans s'en inquiéter : elle avait confiance dans ce grand gamin rigolard, qui avait si bon appétit. Le père acceptait de moins bonne grâce l'intimité visible entre les deux jeunes gens. Il n'éprouvait pas de sympathie pour les ratichons à soutane, et se disait qu'une telle vocation, même chez un garçon apparemment sain, pouvait être le symptôme de quelque dérèglement clandestin, de quelque vice sournois.

Cette vacance hors du temps prit fin un après-midi. Max était en train de faire l'heure de gymnastique quotidienne à laquelle il s'astreignait depuis le premier jour, quand Anne entra sans frapper, en sueur, bouleversée.

– J'arrive de Rouzières. Ça y est. C'est pour demain matin. Tu dois être à six heures là-bas.

Elle se jeta dans ses bras avant qu'il ait eu le temps de répondre. Il sentit pour la première fois battre contre sa poitrine un cœur de femme, et se demanda instantanément si ce serait la dernière.

Ce fut aussi son premier baiser sur la bouche – si l'on excepte celui de son condisciple, le futur évêque Charles-Gilles de la Serre, qui un jour avait connu un moment d'égarement dans un recoin du réfectoire, au séminaire.

*

Le chef du maquis, Philippe, n'avait pas vingt-cinq ans. Il était néanmoins le plus âgé de la vingtaine de garçons que la guerre avait transformés en hommes des bois et qui, avec quelques pistolets, tentaient de préparer la déroute de l'occupant.

Les contacts avec l'extérieur étant inexistants en dehors des services commandés, on écoutait chaque soir avec passion la radio de Londres, et l'on se repassait les feuilles de la Résistance qui parvenaient jusque-là. On souffrait beaucoup de la faim et du froid. Cependant, malgré les privations, les fatigues, la discipline, il régnait un sentiment de gaieté et de liberté qu'aucun des jeunes gens n'avait connu jusqu'alors. Tout leur était facile, et, forts de leur bon droit, de leur solidarité, de leurs succès sans pertes, de leur jeunesse, ils pouvaient se croire invincibles.

Comme les autres, Max se laissa griser dans les premiers temps par l'enthousiasme du groupe. Il ne parvenait pourtant pas à se distraire de la pensée d'Anne, qui alourdissait chacun de ses gestes, ni des interrogations que la jeune fille avait instillées en lui. Lorsque son tour venait de faire le guet, juché dans un arbre ou dissimulé derrière un talus, il occupait les longues heures d'attente à imaginer son avenir avec ou sans soutane, avec ou sans Anne. Le monde était devenu difficile à comprendre. Dieu s'en était éloigné sans crier gare. Max regrettait, dans ces moments, de ne pas avoir sous la main une gourde emplie du vin de son père, si apte à délier les langues et les idées, à rendre le présent plus clair et le futur moins inquiétant.

Dieu et lui, finalement, avaient-ils vraiment besoin l'un de l'autre? Quel sens pouvait-on donner à l'universel chaos? La vie n'était-elle que ce jeu d'enfants brutaux et méchants? L'amour, cette suite de complications et d'éloignements?

La guerre, la vraie, la saignante, ne lui laissa pas longtemps le loisir de philosopher.

Max avait été affecté dans la même sizaine que Louis, le frère d'Anne – comme elle noir et sec, comme elle exigeant et têtu. Une animosité apparemment sans motif s'installa aussitôt entre les deux garçons. Max, qui avait espéré que cette rencontre lui apporterait l'occasion de parler d'Anne, voire de nouer une amitié durable, en fut pour ses frais. Sans doute étaient-ils trop différents. Sombre, cassant, volontiers dogmatique, Louis n'appréciait ni les boutades incessantes de Max, ni sa façon d'évoquer Anne avec une familiarité et une chaleur qu'il jugeait déplacées.

Louis usait de mots simples, coupants. L'univers, selon lui, relevait de catégories élémentaires, indiscutables. D'un côté, la lumière des justes, des combattants de la liberté et du progrès social; de l'autre, les ténèbres où grouillaient non seulement les nazis, mais aussi les nantis, les tièdes, les indécis. Et Max, censé être l'homme de foi, Max que tous au camp appelaient « Curé », se sentait démuni et coupable devant tant de radieuse conviction.

Les premières véritables opérations de guérilla menées par le groupe eurent lieu en septembre. Armes et explosifs avaient été reçus pendant l'été en quantité suffisante, et l'entraînement des maquisards s'était effectué dans de bonnes conditions.

La mort se mit à rôder autour du camp. Les hommes sentaient sa présence jour et nuit désormais, depuis une embuscade où deux des leurs avaient été tués, et où la capture d'un troisième les avait contraint à déménager en toute hâte, au milieu de la nuit, en abandonnant une partie des vivres et des munitions.

Il y eut quelques coups d'éclat. Mais l'abbé Gernis, dans son récit, évoqua rapidement, comme avec réticence, ce qu'il semblait considérer comme d'héroïques gamineries. Il lui tardait maintenant d'en venir à l'épisode qui marqua la fin de sa vie dans le maquis, et d'une certaine façon la fin de sa vie telle qu'il l'avait un moment, peut-être, rêvée.

A plusieurs reprises, il avait été posté en sentinelle, à une demi-heure de marche du camp. Chaque fois, il espérait voir arriver Anne sur les lacets de la route en contrebas; il imaginait qu'il la surprendrait au dernier instant, en sautant sur le bitume juste devant son vélo, fier de sa peau brunie, de ses joues creuses, de ses glorieuses guenilles de soldat sans armée. Et un matin il la vit, en effet, peinant dans la côte sévère, engoncée dans une canadienne, un bonnet de laine sur la tête.

Cependant il ne pouvait enfreindre la consigne, et dut se contenter de siffler à l'intention du deuxième guetteur, posté plus haut dans la colline, selon le code convenu. Anne passa à quelques mètres de lui, en direction du muret couvert de mousse où elle déposerait un message ou retirerait un paquet. Il put entrevoir ses sourcils froncés dans l'effort, entendre son souffle court, et mesurer dans l'instant la place que la jeune femme avait prise dans sa vie, au cours de ces quelques semaines de séparation.

La vie au camp était de plus en plus dure. Les Allemands intensifiaient leurs incursions dans la montagne, et l'on vivait dans la sensation permanente du danger. L'inimitié entre Max et Louis s'était accrue, et ils évitaient désormais de s'adresser la parole en dehors du service, sachant que tout échange de vues entre eux sur un sujet important – comme celui du sort qui serait réservé aux collaborateurs après la victoire, ou celui des aveux consentis sous la torture, thèmes qui revenaient interminablement dans leurs discussions – risquait de dégénérer en dispute.

Heureusement, trois nouvelles recrues étaient arrivées au camp. Parmi elles, un gamin de dix-sept ans, surnommé Quenotte, avec qui Max s'entendit immédiatement. Max et Quenotte faisaient équipe dès qu'ils le pouvaient, et leur duo s'avéra providentiel, au fil des semaines, pour lutter contre la mélancolie, l'inquiétude et le découragement qui parfois s'emparaient du groupe, pris dans une guerre aveugle dont personne ne voyait la fin.

La présence de Quenotte rassérénait Max, elle compensait celle, sombre et hostile, du frère d'Anne. Quenotte avait le talent de toujours envisager les événements sous un angle insolite, cocasse. Pourtant, Max percevait en lui une fêlure, qui ne se manifestait que de façon très fugitive, lorsque soudain son visage se figeait durant un instant dans la contemplation de quelque chose d'effroyable et de désiré, dont rien ne laissait deviner la nature.

– Tu pourrais me confesser, avait-il dit un jour à Max, alors qu'ils étaient tous deux de corvée d'eau.

Assis près de la source, attendant que la vache à eau en toile imperméable se remplisse, les deux garçons s'étaient tus longuement.

– Je ne suis toujours pas curé. Et puis, tu n'as sûrement rien de bien consistant à confesser. Avant d'arriver ici tu tétais encore ta mère.

– Max, si quelqu'un t'oblige à faire le mal, est-ce que c'est encore le mal?

L'eau, en coulant, avait un petit rire.

– On n'est jamais obligé de faire le mal. Je ne comprends pas ce que tu veux dire.

Mais Quenotte, pas plus lors de ce bref dialogue que de ceux qui suivirent, ne donna aucune explication. Quelques instants plus tard, il avait retrouvé son sourire et sa gouaille.

Un matin, à l'aube, dans la chambrée sommaire où ils dormaient sur un matelas de fougères, serrés les uns contre les autres comme des chiots afin de résister au froid, les hommes furent réveillés par un violent remue-ménage, à l'extérieur. Des bruits de lutte, des coups sourds, des cris. Une voix appelait du renfort, lançait des injures.

En quelques secondes, tout le monde se retrouve dehors. Le spectacle est incompréhensible. Le gros Violette, qui assurait le dernier quart de guet, fait peser son quintal de muscles sur Quenotte, plaqué au sol. Le gamin se débat rageusement, mais il semble incapable désormais de renverser la situation.

Philippe s'approche, demande des explications.

– J'ai entendu du bruit sur le sentier, alors je suis allé voir, explique Violette, essoufflé, en maintenant fermement sa prise. Il se planquait, le salopard. Quand j'ai lancé une sommation, il a fait demi-tour et il s'est mis à courir, mais j'ai réussi à le rattraper. Pas la peine de lui demander d'où il vient, il arrivait de la route du bas.

Philippe demande à Quenotte s'il peut se justifier.

L'autre bafouille qu'il est parti faire un tour parce qu'il ne parvenait pas à trouver le sommeil, et qu'il avait envie de pisser. Ses lèvres tremblent, sa voix est méconnaissable. Il n'a pas le temps d'achever sa phrase : il reçoit un violent coup de soulier sur la joue. Son visage gonfle immédiatement.

– Tu sais ce qui va se passer, maintenant, dit Philippe.

Quenotte fait signe que oui. Il semble avoir retrouvé son calme.

Le chef sort son pistolet de l'étui, et demande un volontaire.

– Tous les autres ramassent leurs affaires. On emporte le strict nécessaire. Lever de camp dans dix minutes.

Ils restent immobiles, le visage baissé, ils ne regardent ni Quenotte, ni Philippe, ni le pistolet.

Max sent que le prisonnier implore l'appui d'un regard venant de lui, mais il ne lève pas les yeux.

– Je voudrais que ce soit Max, dit Quenotte.

On l'a attaché à un hêtre. Il est assis, les mains liées derrière le tronc.

– Il va falloir que tu tires, murmure Quenotte.

Max va tirer sur un enfant ligoté. Qu'en aurait pensé le père Fontès, professeur de théologie?

Il a envie de rire, de n'être plus qu'un rire, de disparaître dans un rire.

– Tu te souviens de ce que je t'ai demandé, un jour? Est-ce que faire le mal quand on y est obligé, c'est encore faire le mal? Tu vois, tu vas être obligé, toi aussi. Tu vas savoir répondre.

– Tu nous as vraiment vendus, Quenotte?

– Ils tiennent mon frère depuis des semaines. Sa vie contre la vôtre... Tu vas me pardonner, Max.

– Et moi, qui me pardonnera?

– Moi. Fais vite, maintenant.

Un sifflement venu du camp prévient Max que les autres sont prêts à partir.

Il lève le pistolet, vise la poitrine.

Il sait déjà qu'il ne tirera pas. Il sait qu'en ne le faisant pas, il met en danger le groupe tout entier. Il ignore où est le bien. Quoi qu'il fasse désormais, il se sépare de la vie des hommes. Il vise le ciel, appuie sur la détente.

Il n'a pas dit adieu à Quenotte. Il est parti en courant pour rejoindre les autres, déjà en marche.

En chemin il rencontre Louis, qui l'attend.

Ils se font face, Louis demande si tout est en ordre. Max répond oui, c'est fini. Tout est en ordre.

Mais Louis, au lieu de suivre Max, lui fait signe de continuer, et rebrousse chemin. Max entend le bruit de sa course, dans les feuilles. Il entend aussi, quelques minutes plus tard, le bruit des trois détonations, comme un clou qu'on enfonce.

*

Les collines étaient plongées dans l'obscurité depuis longtemps. Une clarté venue de l'intérieur du presbytère permettait à peine de distinguer le profil de l'abbé, les verres vides sur la table, la grive dont le vent soulevait légèrement le plumage.

– Et Anne? Vous ne l'avez jamais revue?

– Une seule fois, à la fin de la guerre. Elle m'attendait, elle a couru vers moi, elle n'a pas vu la vitre qui nous séparait. Elle s'est fait mal. J'aurais peut-être dû accepter de rester avec elle... Mais que veux-tu, j'étais gamin. Je ne pouvais pas envisager de vivre dans la proximité de Louis, qu'elle admirait tant, ni lui faire partager l'existence d'un lâche, de quelqu'un qui ne savait pas distinguer le bien du mal... J'ai préféré vivre avec Dieu, qui ne pose pas de questions, qui ne donne pas de réponses. Je ne suis pas certain d'avoir eu tort. Une vie en vaut une autre, après tout. Elle n'aurait peut-être pas été heureuse. Et elle m'aurait sûrement fait suivre un régime sec.

L'abbé versait les dernières gouttes de maury dans nos verres. J'ai décidé qu'en partant je lui laisserais mon panier de girolles. Je me demandais quel vin il allait choisir pour les accompagner, lorsque nous avons entendu tambouriner à la porte d'entrée.

Je lui ai fait signe de ne pas se déranger, et je suis allé rejoindre ma mère.

Copains

> J'étais, cet hiver-là, en proie à d'abstraites fureurs. Lesquelles? Je ne le dirai pas, car ce n'est pas ce que j'ai entrepris de conter. Mais il faut que je dise qu'elles étaient abstraites, et non pas héroïques ni vives; des fureurs, en quelque sorte, causées par la perte du genre humain.
>
> ELIO VITORRINI
> *Conversation en Sicile*

Quelque chose en lui avait changé.

J'avais beau pourtant scruter son visage aimé, ses mains fines et sèches, ses épaules minces, son cou haubané de tendons épais comme des doigts, la mousse grise qui prospérait dans l'échancrure de sa chemise en toile : rien à première vue, dans le Joseph qui me faisait face, ne venait contredire l'image de celui avec qui, depuis des années, je passais selon une coutume immuable la soirée de chaque vendredi, en tête à tête, dans la cuisine de sa petite maison.

A moins que... Ses cheveux, peut-être... N'avaient-ils pas légèrement changé de teinte? N'étaient-ils pas plus clairs, plus blancs, plus vieux?

J'observais Joseph, et le sentiment trouble d'un danger m'envahissait, dont je ne parvenais pas à déterminer la nature – un danger lointain, ténu encore, à peine tangible. De ce péril, Joseph n'était assurément pas la source, mais la victime potentielle. Quelle menace aurait-il pu représenter, avec son buste étroit, ses avant-bras frêles, l'ineffable douceur qui émanait de tout son corps et de son regard?

Justement... Ne s'était-il pas transformé, ce bon regard? N'étaient-ils pas plus brillants qu'à l'accoutumée, ces deux petits marrons d'Inde fichés sur son crâne comme dans une pâte tourmentée? Ne pouvait-on y lire l'éclat d'une fièvre sournoise? Il me sembla y voir rôder une inquiétude, une tristesse. Lui aussi me fixait maintenant, surpris sans doute par l'expression de mes traits, et par mon silence.

Ce n'était pas encore cela, pourtant.

Soudain je compris. S'il ne me paraissait plus le même, c'est que la coloration de son visage s'était modifiée. Les reflets d'ordinaire bleutés de sa barbe avaient pâli, offrant maintenant un aspect presque blond; les sourcils traçaient une ligne moins affirmée sur les arcades; les cils, surtout, formaient une double herse de soies courtes et décolorées, conférant à son regard une expression presque féminine, imperceptiblement obscène.

Je me levai pour éteindre le plafonnier. Il faisait trop chaud dans cette pièce, et la lumière, sur le carrelage blanc au-dessus de l'évier, lançait des éclats blessants. Malgré le changement d'éclairage (seule était allumée, désormais, la lampe en verre dépoli posée à même la table) l'aspect de Joseph ne se modifia pas : il continuait de m'apparaître étrangement délavé, ou surexposé, à l'intérieur de ce halo qui nous emprisonnait dans une intimité gênante.

Au début de la soirée, il était allé me chercher une vieille bouteille de bourgueil, que j'avais presque entièrement bue. (Une méchante légende veut que les vins de Loire exigent d'être consommés jeunes. Celui-ci, élevé sur les coteaux de tuf de Restigné, avait vingt-cinq ans d'âge, et semblait s'épanouir dans la pleine fraîcheur de son adolescence.)

Joseph, lui, buvait – par piété familiale, m'affirma-t-il – un vin redoutable : il m'en avait versé un fond, dans le seul but de satisfaire ma curiosité. C'était un breuvage âpre et noir, dont il venait de rapporter une cargaison entière du Périgord. Il provenait de la cave de son arrière-grand-père, Jonas, qui le fabriquait lui-même à partir de cépages interdits.

Joseph avait noué pendant son adolescence une relation très forte avec ce rugueux personnage. Lui-même habitait Périgueux avec ses parents, mais dès qu'il le pouvait, il prenait son vélo pour rejoindre le petit hameau du Périgord vert, proche de Brantôme, où vivait l'ancêtre – et où lui-même passait la plupart de ses vacances, dans la maison de son grand-père. Trois quarts de siècle les séparaient, et même davantage.

Vingt ans après la mort de l'aïeul, survenue en 1974, lors de la vente de sa maison, Joseph avait été le seul de la famille à revendiquer l'héritage de ces bouteilles, oubliées sous des strates immémoriales de toiles d'araignée, de poussière et de rebuts divers. L'ancêtre, au-delà de la mort, conservait la réputation d'un caractère ténébreux et inquiétant, qui avait rejailli sur sa production : on jugeait, sans l'avoir goûté, le vin aussi imbuvable que le vigneron. Il était d'ailleurs le seul, ou presque, à faire pousser des ceps dans cette partie du département, à la terre trop riche et grasse, beaucoup moins propice à la culture de la vigne que les sables et les marnes de Bergerac ou de Monbazillac.

Ainsi, avant Joseph, personne n'avait voulu débarrasser la cave des litrons entassés au fil des récoltes – sans doute moins par désintérêt que par superstition, car le vieux Jonas n'était pas seulement mauvais coucheur : la légende familiale le créditait de certains penchants pour la sorcellerie, et ses cent trois années d'existence avaient été jalonnées d'événements inexplicables ou tragiques. De son vivant, on ne comptait plus, dans le pays, les poules qui pondaient des œufs durs, les averses de grenouilles, les pommiers donnant des courgettes, les chiens devenus gros comme des veaux et qu'on devait abattre, les revenants qui mangeaient bruyamment de la soupe la nuit dans les chambres à coucher, les lampes qui refusaient de s'éteindre, les nouveau-nés qui, à peine sortis des eaux, regardaient sombrement leur père et le traitaient de voleur.

Mais le plus terrible, car attesté, restait la mort du grand-père paternel de Joseph, fils de Jonas, âgé de soixante-neuf ans, après une dispute qui avait duré toute la nuit et dont le sujet demeurait mystérieux. Jonas, toujours vif malgré ses quatre-vingt-dix hivers, l'avait pour finir chassé de la maison, et l'autre, effrayé, comme pris de folie, s'était enfui en direction de la forêt sous une averse d'imprécations. La pauvre mère, presque centenaire, frêle comme un sarment, qui trottinait derrière son fils en tentant de le calmer, avait vu surgir, dans la pâleur de l'aube, au beau milieu d'une clairière, un cerf gigantesque, qui s'était rué sur le vieil enfant pour l'embrocher à mort.

Voilà le genre d'histoire qu'aimait me raconter Joseph le vendredi soir, en me précisant que la malédiction de Jonas n'était sans doute pas éteinte, et que tôt ou tard elle le rejoindrait. « Je suis sous la gouttière », disait-il bizarrement en avalant une tranche d'andouille ou de rosette (le dîner du vendredi était exclusivement composé de charcuteries, sur lesquelles nous dégustions toutes sortes de vins).

J'ai connu Joseph bien avant qu'il publie son premier roman. C'était un garçon animé d'appétits furieux, qui le portaient aussi bien vers les femmes que vers les livres, les voitures, les voyages, la politique, la cuisine ou le sport - qu'il pratiquait de façon régulière et intensive.

Avec les années, il ne s'était pas assagi, mais attristé. Beaucoup de déceptions amoureuses, un grave accident sur le périphérique, certains échecs professionnels, la faillite d'une revue littéraire à laquelle il consacrait depuis des mois une grande énergie, la mort de plusieurs amis, des désillusions politiques répétées ne lui avaient fait perdre ni la vitalité de ses appétits ni sa douceur foncière, mais avaient jeté sur son regard et sur ses attitudes un voile de mélancolie - parfois déchiré d'orages furieux et muets - que seuls ses proches percevaient.

Ce soir-là, je quittai sa maison de la banlieue sud plus tôt que d'habitude. Des nuages lie-de-vin se tordaient au ras des toits.

La semaine passa sans que j'aie de nouvelles de Joseph. Lorsque je me retrouvai face à lui, le vendredi suivant, dans la petite cuisine, le malaise que j'avais tenté d'oublier revint avec une force redoublée. Les changements, dans la physionomie de mon ami, semblaient s'être accentués. Ses cheveux et ses poils avaient encore pâli, comme ceux des personnes qu'un choc affectif fait, dit-on, vieillir d'un seul coup. Une attitude également me surprit, qui ne lui ressemblait pas : lui d'ordinaire tellement civil et discret à table, aimant les cérémonies, les gestes lents et recueillis, s'empiffrait presque sans retenue en émettant des grognements. A bien le regarder, il m'apparut d'ailleurs légèrement soufflé, empâté, comme s'il avait suivi pendant une semaine un régime forcené à base de saindoux.

Connaissant de longue date ma prédilection pour les vins de Loire, il avait sorti de sa cave, à mon intention, un grand chinon de Cravant-les-Coteaux, tandis qu'il versait dans son verre de fébriles rasades du jaja ancestral.

Une fois rassasié, il me contempla longuement, en silence, comme on regarde un visage aimé qui s'éloigne, sur le quai d'une gare, derrière la vitre d'un wagon. Nous avions très peu parlé : je suis d'un naturel taciturne, et Joseph, qui faisait d'ordinaire les frais de la conversation, s'était contenté ce soir-là de bougonner quelques généralités, entre deux bouchées arrosées de vin noir.

Nous restâmes longuement silencieux, face à face, à écouter le temps qui glissait sur nous, son froissement d'eau.

Nous ne nous ressemblions plus. Lui, avec ses traits bouffis, son poil décoloré, son silence, et moi, incapable de retrouver dans ces lieux et dans sa compagnie l'insouciance qui avait fait le bonheur de tant de soirées.

Il versa dans son verre les dernières gouttes du vin de Jonas.

– Je vais en chercher une autre. Tu as encore soif?

Même sa voix avait changé. Elle prenait des tonalités grasseyantes ou chuintantes que je ne lui connaissais pas. Je fis signe que j'avais assez bu ; la bouteille de chinon était d'ailleurs encore à moitié pleine.

Pendant que Joseph descendait à la cave, je me levai pour aller voir de près un pan de mur plongé dans la demi-pénombre, qui m'intriguait depuis mon arrivée. Un grand panneau rectangulaire de contre-plaqué y était suspendu. Le bois avait été recouvert par des giclées de peinture noir et sang-de-bœuf qui formaient un fond criard, sur lequel étaient cloués ou collés divers objets (un hachoir à viande, une cartouchière contenant des bouchons, quelques douilles d'ampoules électriques, une éponge sale, un bâton de réglisse...). Des coupures de presse formaient, ici et là, des amas de lettres difficilement déchiffrables, d'où émergeaient cependant quelques titres ou morceaux de phrases :

devant une boulangerie... enclaves... Il ne restera... l'aspirateur... cour de l'école... Réunion de la der... des femmes crucifiées sur les arbres... chars à bœufs... l'hiver dans les... duré dix jours : chaque matin le chef venait lui couper un doigt. Le onzième... Dix vins divins à des prix d'enfer...

Le tableau, puisqu'il s'agissait de toute évidence d'une œuvre à prétention artistique, n'était pas achevé. De larges espaces restaient vierges, et l'on pouvait y voir le premier état d'un *work in progress*. Joseph avait déjà fait des tentatives dans le domaine de la peinture – guère plus convaincantes que ce fatras naïf. Mais, sans pouvoir l'expliquer, je sentais ici quelque chose de nouveau, une douleur vibrante et sèche.

Il remonta de la cave tout essoufflé, lui que n'effrayaient pas, naguère, des courses à pied de vingt kilomètres. Je le rejoignis à table, où déjà il remplissait son verre de ce vin sombre comme du jus de mûres.

– Tu aurais pu finir le chinon, lui fis-je remarquer. Moins toxique que ton pousse-au-crime...

Il se contenta de lever son verre, puis de le vider d'un trait avec des bruits de gorge. Son calme m'effraya. Ses yeux rétrécis semblaient vides, soudain, de toute intelligence.

Je rencontrai, quelques jours plus tard, un de nos amis communs. Comme je lui faisais part de mon inquiétude concernant Joseph, il manifesta de la surprise. Joseph lui paraissait identique à lui-même, toujours jovial et attentif, apparemment en pleine phase créatrice; sans doute le roman en cours prenait-il bonne tournure.

– Nous avons même dîné ensemble avant-hier, chez lui, avec Lise et Jean-François. Il nous a sorti un vernaccia sarde, et, tiens-toi bien, un vin du Kurdistan à la violette.

– Vous avez tout de même eu droit à la piquette de l'aïeul?

L'autre me regarda d'un air étonné. Quelle piquette? Quel aïeul? Il n'avait pas non plus remarqué le moindre changement dans l'aspect physique de Joseph.

– Grossi, lui? Je me demande ce qu'il faudrait pour lui faire gagner un cran de ceinture. Une cure d'hélium, peut-être...

Le vendredi suivant, Joseph était méconnaissable. Lorsque je franchis le seuil de la cuisine, il dut voir passer dans mon regard une lueur d'effroi, car il s'empressa de venir poser sa main sur mon épaule. Ce contact physique me fit du bien.

Encore une fois, il avait placé trois bouteilles sur la table : un champigny pour moi, et pour lui deux de ces bouteilles en provenance du Périgord, en verre épais, de forme irrégulière, sans étiquette ni millésime, que je connaissais bien maintenant. L'une des deux était déjà à moitié vide.

Joseph avait coupé ses cheveux. Courts et drus, ils formaient comme un empiècement de moquette plaqué à même le crâne. Mais le plus étrange était que leur couleur se confondait presque, désormais, avec celle de la peau du visage, d'ailleurs recouverte d'une sorte de duvet rêche qui luisait dans le contre-jour de la lampe. Son nez, élargi à la base, était aplati et humide, à son extrémité, comme un petit groin.

– Ne dis rien, dit Joseph de sa voix chuintante.

Il entreprit de déboucher la bouteille de champigny, mais ses mains déformées, épaisses, maladroites, rendaient l'opération difficile.

Je m'emparai de la bouteille, la débouchai moi-même, et me servis.

Quand je versai dans son verre un peu du vin de Jonas, il le porta à deux mains vers sa bouche, avala le liquide bruyamment, d'un trait, et en conserva les traces rouge sombre sur ses lèvres hérissées de soies.

– Joseph... Tu ne crois pas que tu devrais arrêter de boire ce vin ? J'ai l'impression qu'il ne te réussit pas.

Un grognement convulsif ponctua la fin de ma phrase, dans lequel je ne reconnus pas immédiatement un rire.

– Il me réussit, au contraire! me dit-il lorsqu'il se fut enfin calmé. Je commence à me ressembler.

Il poussa vers moi son verre afin que je le remplisse.

– Écoute, reprit-il, sur un ton qui soudain s'efforçait à la gravité – mais rien, dans sa physionomie, ne contribuait à installer l'ambiance recueillie qu'il semblait souhaiter : ni son faciès, ni son énorme cou qui avait fait sauter les boutons du col de sa chemise, ni ses oreilles en pointe, ni sa voix renâclante, cette voix de gorge qui laissait éclore les mots dans des bulles de salive grasse. – Écoute... Je dois rejoindre Jonas. Tu ne l'entends pas? Il m'appelle...

Joseph vida de nouveau son verre. Pendant quelques minutes, son discours devint confus, soumis à de brutales variations de débit ou de ton. Je me sentais incapable d'intervenir, fût-ce d'un mot, d'un sourire compatissant, d'une main tendue. Mon épouvante initiale cédait progressivement la place à une tristesse résignée et sans bornes.

En y repensant, il me semble que cette nuit a filé avec la vitesse d'un charme, comme si le vieux sorcier Jonas avait donné un coup de pouce à la roue du temps, afin de me renvoyer au plus vite dans la lumière du jour, vers les humaines compromissions, les impuissances acceptées, les doutes complaisants, les lâchetés admises, vers ce monde dont Joseph avait décidé de se retirer à jamais.

Je me retrouvai au bord de la Seine, sans avoir vu passer la nuit. L'aube mettait de l'eau dans son vin, les cheminées d'usine dégorgeaient leur suie, des camions sautaient sur l'asphalte inégal, un marchand de journaux placardait ses affiches aux couleurs gaies : enfants morts, pleurs de princesses, seins nus, villes en ruine. A force de me laisser gifler par le vent – un vrai vent de banlieue, humide, et froid, et perpendiculaire – je retrouvai progressivement la mémoire de ces dernières heures passées dans la maison de Joseph.

– Jonas m'a donné le cap, disait-il. J'avais vingt ans quand il est parti. Toutes mes vacances près de lui... Il ne me racontait pas le passé, comme font les grands-pères. Il me prédisait l'avenir, mon avenir... Atroce et désirable... Il voulait que je sois à la hauteur, mais personne n'est à la hauteur. Si je me décourageais, il ricanait : tu veux plier, comme les autres ? Tu veux manger ta propre merde, comme les autres ? Il était violent, Jonas, et juste, intraitable... Il ne cherchait pas à faire mal, ni à éduquer. Simplement montrer une voie. J'étais le seul à l'écouter, à ne pas avoir peur. Je savais qu'il avait raison. Il attendait la fin du monde, patient, il se frottait les mains... Je passais mes journées auprès de lui. Jonas restait immobile, sur le pas de sa porte, à attendre que l'univers s'écroule. Même seul, il n'arrêtait jamais de parler. Chaque jour il faisait l'appel du voisinage, et chacun recevait sa part de malédictions... Il voyait tout, n'oubliait rien, ne pardonnait rien, sauf à ses chats et à ses chiens. Je ne le voyais jamais travailler, pourtant sa maison était toujours nette, son jardin et sa vigne impeccables... Personne ne pouvait soutenir son regard. Tu ne plieras pas comme les autres... Voilà... Même les cerfs lui obéissaient. Il disait je n'ai pas eu de fils. Jonas était un tison, une bûche rougeoyante. Je me tenais près de lui, je voyais le monde changer. On lui attribuait toutes les morts et les maladies du pays. Parfois à tort, je crois... Il fallait se tenir droit, simplement. Ça n'empêchera pas l'apocalypse, mais qu'au moins on soit deux, dans la famille... Il aurait voulu que tous les hommes se tiennent droit...

De temps à autre, Joseph interrompait son obscur soliloque pour vider le verre que je remplissais au fur et à mesure. Sa métamorphose se parachevait de minute en minute. Sa hure, dans l'éclairage indirect de la lampe, prenait des reflets soyeux, mélancoliques. Ses petits yeux riboulaient, ses babines se retroussaient sur des dents jaunes, son cou avait pratiquement disparu dans le prolongement de ses épaules. De temps à autre, il secouait la tête en grognant pour chasser la mouche qui revenait avec obstination se poser sur son groin humide. Jamais je n'ai aimé Joseph comme cette nuit-là.

– J'écrivais des poèmes. « Des poèmes! A quoi servent-ils, tes poèmes, à te broder un habit de petit duc... Regarde-moi ça, regarde-les, tous, paysans, ingénieurs, députés, poètes, vautrés dans leurs renoncements, bercés de jolies phrases, regarde, si c'est ce que tu veux »... Mais je lui récitais quand même mes vers, et il les écoutait. Parfois il buvait un verre de son vin. Ne m'en donnait jamais. Devenait effrayant, alors, effrayant, magnifique. Il rugissait, tournait en rond dans la pièce ou sur le parvis, et nul n'aurait osé l'approcher, l'interrompre... Sa crinière blanche étincelait. Tu boiras de ce vin, me disait-il, le jour où tu voudras savoir ce que tu es vraiment...

Ce qui est arrivé à son fils... Jonas avait honte de lui. De ses petits arrangements, de sa façon de respirer au ras du sol. Déjà pendant la guerre. Sa façon de n'être d'aucun bord... Puis la guerre d'Algérie, et cette pétition que le fils avait voulu lui faire signer, contre l'installation d'un camp de harkis près du village... Jonas rongeait son frein... Enfin, la goutte d'eau, cet homme que Jonas avait trouvé un matin dans sa vigne, en train de prendre des mesures... Un corbeau géomètre... Le fils, à soixante-neuf ans, estimait avoir suffisamment attendu, et que le vieux Jonas ne tarderait plus. Question de mois, voire de semaines... Jonas rugissait, montrait les dents... Ceux qui n'avaient pas peur avaient tort. Verse m'en un autre, s'il te plaît. Je ne l'ai jamais vu faire les vendanges. Un soir il m'a raconté une histoire... Nous étions assis tous les deux dans la cheminée, mais je l'entendais en même temps travailler dans le chai. Quand Noé a fait sa première récolte, juste après le déluge, Satan a versé dans le vin le sang de quatre animaux : un agneau, un lion, un singe, un cochon... Ceux qui buvaient, dès lors, retrouvaient ce vers quoi les portaient leur véritable nature, suivant le degré de l'ivresse... Qui devenait lion, qui devenait singe... Jonas a dit : mon vin, c'est le vin de Noé. Tu vois, je n'ai pas su me tenir debout, comme lui... regarde dans quel monde j'ai accepté de vivre... Mes livres dérisoires dans les hurlements des supplices...

Le discours de Joseph, charrié par une voix qui n'avait plus rien d'humain, devenait chaotique, inaudible. Derrière lui, dans la pénombre, je distinguais le tableau, qui semblait s'être enrichi de nouvelles alluvions. Joseph respirait avec difficulté. Son souffle se faisait court et bruyant, entrecoupé de plaintes et de grognements qui étaient autant d'appels à l'aide. Je ne sais comment je finis par comprendre, quels mots il utilisa, ni quels gestes. Le couteau apparut sur la table, avec sa lame longue, effilée, amicale. Je ne sais à la suite de quel ordre ou de quelle impulsion je me retrouvai derrière Joseph, dont le corps gonflé faisait gémir la chaise. De sa patte ongulée, il me désignait un emplacement, sur sa gorge, où battait puissamment une artère. Je posai sa tête dans le berceau de mon bras gauche, et je fermai les yeux.

J'ai marché très longtemps avant de me résoudre à rentrer chez moi. C'est le téléphone qui m'a réveillé. Une voix m'a annoncé la mort de Joseph. Son éditeur, venant chez lui pour un rendez-vous fixé de longue date, l'avait trouvé inanimé sur le carrelage de la cuisine. Le visage de notre ami, selon son témoignage, exprimait une grande sérénité. Le médecin, convoqué aussitôt, avait donné sans difficulté le permis d'inhumer. Lorsque je me suis rendu sur les lieux, la sœur de Joseph venait à peine d'arriver. Elle m'a appris que le corps se trouvait au funérarium de l'hôpital. J'ai décidé que je n'irais pas lui rendre visite. La cuisine était parfaitement rangée. Nulle trace de notre repas, ni de ce qui l'avait suivi. Nulle trace, non plus, du tableau. Seuls, sur la table, deux verres vides, posés à côté d'une bouteille de champigny entamée, semblaient attendre qu'on les remplisse.

L'enterrement a eu lieu dans le hameau du Périgord où se trouve le caveau de famille. L'éditeur, ainsi que quelques écrivains et amis, avaient fait le déplacement. Le nom de Joseph venait s'inscrire sur la pierre à la fin d'une liste où je vis celui de Jonas : 1871-1974. Au pied de la tombe poussait un arbuste ornemental, aux branches duquel pendaient des fruits gris, d'aspect pelucheux. Personne n'a remarqué qu'il s'agissait de petits rats morts.

Paradis

Lui. – Tu diras ce que tu voudras... A la fin, tous ces vins du Sud, les bandols, les côtes-du-rhône... Non, non. Trop de soleil, trop de sève... J'en buvais une gorgée, et j'avais l'impression d'avoir avalé une grenade dégoupillée. C'était plus un foie, c'était le Chemin des Dames... Heureusement, je n'ai pas été détraqué longtemps...

Elle. – Dans ces cas-là, fallait pas insister. Je te le répétais, pourtant... Il valait mieux changer. Tiens, pour commencer, un petit rosé d'Anjou, par exemple. Une pelure d'oignon, dès le matin, pour se remettre en bouche... Tu ne le sentais pas passer. Un vrai médicament !

Lui. – Au réveil, je n'ai jamais pu, tu sais bien. Alors imagine, une fois malade...

Elle. – Pourtant, il n'y avait pas mieux pour se rincer, le matin. A mon avis.

Lui. – Quand même, ça ne remplaçait pas le café...

Elle. – T'as pas connu ma mère, toi. Le café, elle le passait avec du calvados qu'elle chauffait dans une casserole à la place de l'eau. C'était quelqu'un, la vieille... Elle avait du mal à s'arracher au décollage, mais après, c'était la grâce... une majesté de Boeing, le vol sans escale jusqu'au soir... Fallait voir!

Lui. – Tu avais de qui tenir.

Elle. – Ah mais attention, jamais malade, toujours de bonne humeur, maman. Comme moi. Un moral d'acier, jusqu'à la fin... Avoue qu'en quinze ans de mariage, tu m'as plus souvent vue boire du rouge que broyer du noir! Hein?

Lui. – Quinze ans. Je n'en suis toujours pas revenu. C'est passé tellement vite...

Elle. – On n'a pas eu le temps de s'ennuyer. C'est vrai qu'on a un peu forcé sur la bouteille... Mais on aimait ça, abuser... Hein qu'on aimait ça. Et tout le monde de nous faire la leçon... Qu'on était moches, vieux avant l'âge, lamentables pochetrons, vicieux stériles... Pas vrai?

Lui. – Ils ne supportaient pas de nous voir heureux. Ça n'entrait pas dans leurs catégories. Qu'on picole, passe encore, mais qu'on s'aime... Alors là... Qu'on soit gais... Ils me disaient, mais voyons, vous ne voyez pas qu'elle s'abîme? Qu'elle enlaidit, votre femme? Qu'elle se défigure? Et il n'y a pas que l'alcool, il y a ce que vous mangez! Le cholestérol! Vous y pensez, au cholestérol? Les artères, voyons! Le cœur! La boursouflure! Et je leur répondais: mais si elle me plaît, à moi, ma femme, avec la couperose? Si je trouve que ça lui va bien au teint? Et si je l'aime, son gros bidon bien rond, bien chaud avec ses vergetures? Ah!

Elle. – Les braves gens... Leur pitié... Et de voir qu'on s'en fichait, ça les mettait en rogne! Et qu'on vivait peinards avec le R.M.I.! Ah mais la vie ça n'est pas cela! Que non! Biberonner en regardant les nuages, et se moquer du reste! Et puis quoi? Faut travailler! Et se reproduire! N'empêche, on les aura bien fait baver, tous les deux, hein, mon gros.

Lui. – Je revois le voyage de noces comme si c'était ce matin. Comment s'appelait ce patelin, déjà, dans le Jura...

Elle. – Arlay. Tu te souviens, ce vin jaune, dans les caves du château?

Lui. – Dix ans de fût... Un vin de voile... Ils laissent les levures recouvrir la surface, comme une dentelle...

Elle. – Une tapisserie, une mantille... un baldaquin... Et ça fermente là-dessous comme l'amour... On en avait rapporté deux bouteilles dans la chambre d'hôtel!

Lui. – Je te regardais te déshabiller, à travers le verre plein...

Elle. – J'étais intimidée, un peu pompette... Tellement heureuse que ça me faisait mal.

Lui. – Quelle chance on a eue...

Elle. – Vous vous détruisez, ils nous disaient tous. Tellement appliqués à durer... Mais nous, on était bien!

Lui. – Toutes ces bonnes bouteilles qu'ils n'ont pas vues passer... Tu te souviens, ce petit vin des Abymes, au bord du lac d'Aiguebelette, en mangeant une friture... Perlant, frais comme une eau de source, avec un goût d'herbe mouillée, d'amande verte...

Elle. – Et ce type qu'on prenait pour un demeuré, il nous racontait que la vigne avait été plantée sur un effondrement de la montagne qui avait englouti cinq paroisses, autrefois! On lui a répondu qu'on ne regrettait pas les cinq paroisses, et qu'on en aurait volontiers sacrifié cinq de plus pour un velours pareil. C'était le curé du pays...

Lui. – On ne s'est pas privés. Cn n'a jamais fait attention. Et jamais de bibine, pardon! On a toujours volé les meilleures bouteilles...

Elle. – On vivait bien. On vivait, quoi. Le toubib, au dispensaire, prétendait que je creusais ma tombe avec un verre ballon. « Vous voudriez que je vous ressemble? », je lui demandais. Embaumé vivant, une vraie momie...

Lui. – Il avait renoncé à me palper, à cause de l'ascite. Le ventre gonflé d'eau, et mon foie qui flottait là-dedans comme un morceau de couenne racornie... Drôle de potage, je lui disais, les asticots vont pas être à la fête. Ça ne le faisait pas rire... Il voulait me donner de la morphine, mais j'ai jamais souffert.

Elle. – C'est parce qu'on est morts jeunes. Chez les vieux, ça traîne, la cirrhose, ça fait mal. Quelle chance on a eue... Et de mourir ensemble...

Lui. – On aura quand même bien ri, tous les deux. Hein ma vieille, ma petite pocharde. Pas longtemps, et sans savoir pourquoi... mais on aura ri.

Elle. – Tu sais ce qui me manque, ici?

Lui. – Attends, laisse-moi deviner... Un brane-cantenac 1945... Un léoville-las-cases... Ou un blanc, peut-être, un laville-haut-brion... Non, un puligny-montrachet... ce petit goût de tilleul... Ces noms, comme ils sont jolis...

Elle. – Non, tu vois, même quand tu en parles, ça ne veut plus rien dire. Ce qui me manque, c'est la soif... Savoir que je n'aurai plus jamais soif...

Lui. – Donne-moi ta main... Moi je ne regrette pas. On s'est pas embêtés, tant qu'on a pu. Maintenant on va pouvoir se souvenir, tranquilles... Une éternité, sur notre nuage... On est bien, quand même...

Elle. – Tais-toi... Voilà les emplumés... Ça doit être l'heure de l'eau bénite. Fermons les yeux, et faisons semblant de prier... Ils seraient capables de nous séparer...

Œuvres de Jean-Marie Laclavetine (suite)

Aux Éditions Le Temps qu'il fait

LES DIEUX DE LA NUIT. Sur des peintures et objets de Richard Texier, 1998.

Aux Éditions National Geographic

PAYS DE LOIRE, 2001.

Reproduit et achevé d'imprimer
par Évidence au Plessis-Trévise,
le 4 novembre 2002
Dépôt légal : novembre 2002
1er dépôt légal : mars 1994
Numéro d'imprimeur : 1741

ISBN 2-07-073861-2/Imprimé en France

121349